KB054676

국어과 선생님이 뽑은

한국문학읽기
한국고전읽기
세계문학읽기

국어과 선생님이 뽑은 한국 단편선

금수 회의록 & 공진회

dskimp2004@yahoo.co.kr 엮음

국어과 선생님이 뽑은 안국선 단편선
금수 호의록 & 공진회

초판 1쇄 | 20012년 2월 15일 발행

저자 | 안국선
엮은이 | dskimp2004@yahoo.co.kr
편집교정 | 이정민
디자인 | 인지숙
일러스트 | 이혜인 · 주승인
펴낸이 | 이경자
펴낸곳 | 북앤북

주소 | 서울 마포구 월드컵로 11길 35, 101동 502호
전화 | 02-336-9948
팩시밀리 | 02-337-4315
등록 | 제 313-2008-000016호

ISBN 978-89-89994-67-1 04810
잘못된 책은 구입하신 서점에서 바꾸어 드립니다.

이 책에 수록된 작품의 표기는 '한글 맞춤법'의
규정을 원칙으로 하되 작가 특유의 문체나 방언,
외래어 등은 원본에 따른다.

안국선의 금수 회의록 & 공진회를

 에게 드립니다

차례

금수
회의록

공진회

슬프다! 여러 짐승의 연설을 듣고

가만히 생각해 보니

세상에 불쌍한 것이 사람이로다.

내가 어찌하여 사람으로 태어나서
이런 욕을 보는고!

금수
회의록

서언(序言)

　머리를 들어 하늘을 우러러보니 일월과 성신이 천추의 빛을 잃지 아니하고, 눈을 떠서 땅을 굽어보니 강해와 산악이 만고의 형상을 변치 아니하도다. 어느 봄에 꽃이 피지 아니하며, 어느 가을에 잎이 떨어지지 아니하리오.

　우주는 의연히 백대에 한결같거늘 사람의 일은 어찌하여 고금이 다르뇨? 지금 세상 사람을 살펴보니 애달프고 불쌍하고 탄식하고 통곡할 만하도다.

　전인의 말씀을 듣든지 역사를 보든지 옛적 사람은 양심이 있어 천리를 순종하여 하느님께 가까웠거늘, 지금 세상은 인문이 결딴나서 도덕도 없어지고 염치도 없어지고 의리도 없어지고 절개도 없어져서 사람마다 더럽고 흐린 풍랑에 빠지고 헤어나올 줄 몰라서 온 세상이 다 악한 고로 그름·옳음을 분별치 못하여, 악독하기로 유명한 도척(중국 춘추시대 흉악한 도적)이 같은 도적놈은 청천백일에 사마를 달려 왕궁 국도에 횡행하되 사람이 보고 이상히 여기지 아니하고, 안자(중국 춘추시대 노나라 현인. 맹자의 수제자) 같이 착한 사람이 누항에 있어서 한 도시락밥을 먹고 한 표주박 물을 마시며 간난을 견디지 못하되 한 사람도 불쌍히 여기지 아니하니, 슬프다! 착한 사람과 악한 사람이 거꾸로 되고 충신과 역적이 바뀌었도다. 이같이 천리가 어기어지고 덕의가 없어서 더럽고 어둡고 어리석고 악독하여 금수만도 못한 이 세상을 장차 어찌하면 좋을꼬?

나도 또한 인간의 한 사람이라 우리 인류 사회가 이같이 악하게 됨을 근심하여 매양 성현의 글을 읽어 성현의 마음을 본받으려 하더니, 마침 서창에 곤히 든 잠이 춘풍에 이익한 바 되매 유흥을 금치 못하여 죽장망혜(먼 길을 떠날 때의 아주 간편한 차림새)로 녹수를 따르고 청산을 찾아서 한곳에 다다르니, 사면에 기화요초(옥같이 고운 풀에 핀 구슬같이 아름다운 꽃)는 우거졌고 시냇물 소리는 종종하며 인적이 고요한데 흰 구름 푸른 수풀 사이에 현판 하나가 달렸거늘, 자세히 보니 다섯 글자를 크게 썼으되 '금수회의소'라 하고 그 옆에 문제를 걸었는데 '인류를 논박할 일'이라 하였고 또 광고를 붙였는데 '하늘과 땅 사이에 무슨 물건이든지 의견이 있거든 의견을 말하고 방청을 하려거든 방청하되 각기 자유로 하라.'하였는데 그곳에 모인 물건은 길짐승·날짐승·버러지·물고기·풀·나무·돌 등물이 다 모였더라.

혼자 마음으로 가만히 생각해 보니 대저 사람은 만물 중에 가장 귀하고 제일 신령하여 천지의 화육을 도우며 하느님을 대신하여 세상 만물의 금수·초목까지라도 다 맡아 다스리는 권능이 있고, 또 사람이 만일 패악한 일이 있으면 천히 여겨 금수 같은 행위라 하며, 사람이 만일 어리석고 하는 일이 없으면 초목같이 아무 생각도 없는 물건이라고 욕하나니, 그러

면 금수 · 초목은 천하고 사람은 귀하며 금수 · 초목
은 아무것도 모르고 사람은 신령하거늘, 지금 세상은
바뀌어서 금수 · 초목이 도리어 사람의 무도 패덕함
을 공격하려 하니 괴상하고 부끄럽고 절통 분하여 열
었던 입을 다물지도 못하고 정신없이 섰더라.

개회 취지(開會趣旨)

별안간 뒤에서 무엇이 와락 떠다밀며,

"어서 들어갑시다. 시간 되었소."

하고 바삐 들어가는 서슬에 나도 따라 들어가서 방청석에 앉아 보니 각색 길짐승·날짐승·모든 버러지·물고기 등물이 꾸역꾸역 들어와서 그 안에 빽빽하게 서고 앉았는데, 모인 물건은 형형색색이나 좌석은 제제창창한데 장차 개회하려는지 규칙 방망이 소리가 똑똑 나더니 회장인 듯한 한 물건이 머리에는 금색이 찬란한 큰 관을 쓰고 몸에는 오색이 영롱한 의복을 입은 이상한 태도로 회장석에 올라서서 한 번 읍하고, 위의가 엄숙하고 형용이 단정하게 딱 서서 여러 회원을 대하여 하는

말이,

"여러분이여, 내가 지금 여러분을 청하여 만고에 없던 일대 회의를 열 때에 한마디 말씀으로 개회 취지를 베풀려 하오니 재미있게 들어 주시기를 바라오.

대저 우리들이 거주하여 사는 이 세상은 당초부터 있던 것이 아니라 지극히 거룩하시고 지극히 전능하신 하느님께서 조화로 만드신 것이라. 세계 만물을 창조하신 조화주를 곧 하느님이라 하나니, 일만 이치의 주인 되시는 하느님께서 세계를 만드시고 또 만물을 만들어 각색 물건이 세상에 생기게 하셨으니, 이같이 만드신 목적은 그 영광을 나타내어 모든 생물로 하여금 인자한 은덕을 베풀어 영원한 행복을 받게 하려 함이라.

그런 고로 세상에 있는 모든 물건은 사람이든지 짐승이든지 초목이든지 무슨 물건이든지 다 귀하고 천한 분별이 없은즉, 어떤 것은 높고 어떤 것은 낮다 할 이치가 있으리오. 다 각각 천지의 기운을 타고 생겨서 이 세상에 사는 것인즉, 다 각기 천지 본래의 이치

만 좇아서 하느님의 뜻대로 본분을 지키고, 한편으로
는 제 몸의 행복을 누리고 한편으로는 하느님의 영광
을 나타낼지니.

그중에도 사람이라 하는 물건은 당초에 하느님이
만드실 때 특별히 영혼과 도덕심을 넣어서 다른 물건
과 다르게 하셨은즉, 사람들은 더욱 하느님의 뜻을
순종하여 천리 정도를 지키고 착한 행실과 아름다운
일로 하느님의 영광을 나타내어야 할 터인데, 지금
세상 사람의 하는 행위를 보니 그 하는 일이 모두 악
하고 부정하여 하느님의 영광을 나타내기는 고사하
고 도리어 하느님의 영광을 더럽게 하며 은혜를 배반
하여 제반악증(여러 가지 악한 증세)이 많도다.

외국 사람에게 아첨하여 벼슬만 하려 하고, 제 나
라가 다 망하든지 제 동포가 다 죽든지 불고(不顧)하
는 역적 놈도 있으며, 임금을 속이고 백성을 해롭게
하여 나랏일을 결딴내는 소인 놈도 있으며, 부모는
자식을 사랑치 아니하고 자식은 부모를 효도로 섬기
지 아니하며, 형제간에 재물로 인연하여 골육상잔하

기를 일삼고, 부부간에 음란한 생각으로 화목치 아니
한 사람이 많으니, 이 같은 인류에게 좋은 영혼과 제
일 귀하다 하는 특권을 줄 것이 무엇이오. 하느님을
섬기던 천사도 악한 행실을 하다가 떨어져서 마귀가
된 일이 있거늘 하물며 사람이야 더 말할 것 있소.

태곳적 맨 처음에 사람을 내실 적에는 영혼과 덕의
심(德義心)을 주셔서 만물 중에 제일 귀하다 하는 특
권을 주셨으되 저희들이 그 권리를 내버리고 그 성품
을 잃어버리니, 몸은 비록 사람의 형상이 그대로 있
을지라도 만물 중에 가장 귀하다 하는 인류의 자격은
있다 할 수가 없소.

여러분은 금수라 초목이라 하여 사람보다 천하다
하나 하느님이 정하신 법대로 행하여 기는 자는 기
고, 나는 자는 날고, 굴에서 사는 자는 깃들임을 침노
치 아니하며, 깃들인 자는 굴을 빼앗지 아니하고, 봄
에 생겨서 가을에 죽으며, 여름에 나와서 겨울에 들
어가니 하느님의 법을 지키고 천지 이치대로 행하여
정도에 어김이 없은즉, 지금 여러분 금수·초목과 사

람을 비교하여 보면 사람이 도리어 낮고 천하며, 여러분이 도리어 귀하고 높은 지위에 있다 할 수 있소. 사람들이 이같이 제 자격을 잃고도 거만한 마음으로 오히려 만물 중에 제가 가장 귀하다, 높다, 신령하다 하여 우리 족속 여러분을 멸시하니 우리가 어찌 그 횡포를 받으리오.

내가 여러분의 마음을 찬성하여 하느님께 아뢰고 본 회의를 소집하였는데 이 회의에서 결의할 안건은 세 가지 문제가 있소.

제1, 사람 된 자의 책임을 의논하여 분명히 할 일.

제2, 사람의 행위를 들어서 옳고 그름을 의론할 일.

제3, 지금 세상 사람 중에 인류 자격이 있는 자와 없는 자를 조사할 일.

이 세 가지 문제를 토론하여 여러분과 사람의 관계를 분명히 하고, 사람들이 여전히 악한 행위를 하여 회개치 아니하면 그 동물의 사람이라 하는 이름을 빼

앗고 '이등 마귀'라 하는 이름을 주기로 하느님께 상
주할 터이니 여러분은 이 뜻을 본받아 이 회의에서
결의한 일을 진행하시기를 바라옵나이다."

　회장이 개회 취지를 연설하고 회장석에 앉으니, 한
모퉁이에서 우렁찬 소리로 회장을 부르고 일어서서
연단으로 올라간다.

제1석

반포의 효(反哺之孝) - 까마귀

프록코트를 입어서 전신이 새까맣고 똥그란 눈이 말똥말똥한데, 물 한 잔 조금 마시고 연설을 시작한다.

"나는 까마귀올시다. 지금 인류에 대하여 소회를 진술할 터인데 반포의 효라 하는 문제를 가지고 잠깐 말씀하겠소.

사람들은 만물 중에 제일이라 하지마는 그 행실을 살펴볼 지경이면 다 천리에 어기어져서 하나도 취할 것이 없소. 사람들의 옳지 못한 일을 모두 다 들어 말씀하려면 너무 지루하겠기에 다만 사람들의 불효한 것을 가지고 말씀할 터인데, 옛날 동양 성인들이 말씀하기를 효도는 덕의 근본이라, 효도는 일백 행실의 근원이라, 효도는 천하를 다스린다 하였고, 예수교 계명에도 부모를 효도로 섬기라 하였으니 효도라 하는 것은 자식 된 자가 고연한 직분으로 당연히 행할 일이올시다.

우리 까마귀 족속은 먹을 것을 물고 돌아와서 어버이를 기르며 효성을 극진히 하여 망극한 은혜를 갚아서 하느님이 정하신 본분을 지키어 자자손손이 천만대를 내려가도록 가법을 변치 아니하는 고로 옛적에 백낙천(중국 당나라 시인. 대표작 〈장한가〉, 〈비파행〉 등은 문사와 서민들 간에 널리 애송되었음)이라 하는 분이 우리를 가리켜 새 중의 증자(공자의 제자. 춘추시대 노나라 사람. 효행으로 이름이 남)라 하였고, 〈본초강목〉(명나라 이시진이 지은 본초학 연구서. 흙·옥·돌·초목 등 일천구백팔십이 종을 7항목에 걸쳐 해설하였음)에는 자조라 일컬었으니 증자라 하는 양반은 부모에게 효도 잘하기로 유명한 사람이요, 자조라 하는 뜻은 사랑하는 새라 함이니, 부모는 자식을 사랑하고 자식은 부모에게 효도함이 하느님의 법이라.

우리는 그 법을 지키고 어기지 아니하거늘 지금 세상 사람들은 말하는 것을 보면 낱낱이 효자 같되 실상 하는 행실을 보면 주색잡기에 침혹하여 부모의 뜻을 어기며, 형제간에 재물로 다투어 부모의 마음을 상케 하며, 제 한몸만 생각하고 부모가 주리되 돌아보지 아니하고, 여편네는 학식이라고 조금 있으면 주제넘은 마음이 생겨서 온화유순한 부덕을 잊어버리고, 시집가서는 시부모 보기를 아무것도 모르는 어리석은 물건같이 대접하고 심하면 원수같이 미워하기도 하니 인류 사회에 효도 없어짐이 지금 세상보다 더 심함이 없도다.

사람들이 일백 행실의 근본 되는 효도를 알지 못하

니 다른 것은 더 말할 것 무엇 있소. 우리는 천성이 효도를 주장하는 고로 출천지효성 있는 사람이면 우리가 감동하여 노래자(중국 춘추시대 초나라 현인으로 중국 이십사 효자의 하나. 난을 피해 몽산 남쪽에서 농사를 짓고 살았는데 칠십 세에도 아이 옷을 입고 어린아이 장난을 하여 노부모를 위안하였으며 〈노래자〉 십오 편을 지었음)를 도와서 종일토록 그 부모를 즐겁게 해 주며, 증자의 갓 위에 모여서 효자의 아름다운 이름을 천추에 전하게 하였고, 또 우리가 효도만 극진할 뿐 아니라 자고이래로 〈사기〉(한나라 사마천이 황제부터 무제까지 역대 왕조의 사적을 기전체로 적은 역사책)에 빛난 일이 한두 가지가 아니오니 대강 말씀하오리다.

우리가 떼를 지어 논밭으로 내려갈 때 곡식을 해하는 버러지를 없애려고 가건마는 사람들은 미련한 생각에 그 곡식을 파먹는 줄로 아는도다! 서양 책력 1874년, 미국의 조류학자 피이루라 하는 사람이 우리 까마귀 족속 이천이백오십팔 마리를 잡아다 배를 가르고 오장을 꺼내어 해부하여 보고 말하기를, 까마귀는 곡식을 해하지 아니하고 곡식에 해 되는 버러지를 잡아먹는다 하였으니 우리가 곡식 밭에 가는 것은 곡식에 이가 되고 해가 되지 아니하는 것은 분명하고, 또 우리가 밤중에 우는 것은 공연히 우는 것이 아니요, 나라에서 법령이 아름답지 못하여 백성이 도탄에 침륜하여 천하에 큰 병화가 일어날 징조가 있으면 우리가 아니 울 때 울어서 사람들이 깨닫고 허물을 고쳐서 세상이 태평무사하기를 희망하고 권고함이요, 강소성 한산사에서 달은 넘어가고 서리 친 밤에 쇠북을 주둥이로 쪼아 소리를 내어 대망에게 죽을 것을 살려 준 은혜를 갚았고, 한나라 효문제가 아홉 살 되었을 때 그 부모는 왕망(중국 전한 말의 정치가. 자기

가 세운 평제를 독살하고 제위를 빼앗아 국호를 신 (新)이라 함)의 난리에 죽고 효문제 혼자 달아날 새 날이 저물어 길을 잃었거늘 우리들이 가서 인도하였고, 연나라 태자 단이 진나라에 볼모로 잡혀 있을 때 우리가 머리를 희게 하여 그 나라로 돌아가게 하였고, 진문공이 개자추 (중국 춘추시대의 은사. 진나라 문공이 공자일 때 십구 년 동안 함께 망명 생활을 하며 고생하였으나 문공이 귀국하여 왕이 된 후 자신을 멀리하자 면산에 들어가 숨어 살았다. 문공이 잘못을 뉘우치고 자추가 나오도록 하기 위하여 면산에 불을 질렀으나 끝내 나오지 않고 타 죽었다고 함)를 찾으려고 면산에 불을 놓으매 우리가 연기를 에워싸고 타지 못하게 하였더니 그 후에 진나라 사람이 그 산에 '은연대' 라 하는 집을 짓고 우리의 은덕을 기념하였으며, 당나라 이의부는 글을 짓되 상림에 나무를 심어 우리를 준다 하

였었고, 또 물병에 돌을 던지니 이솝이 상을 주고, 탁자의 포도주를 다 먹어도 프랭클린이 사랑하도다.

우리 까마귀의 사적이 이러하거늘 사람들은 우리 소리를 듣고 흉한 징조라 길한 징조라 함은 저희들 마음대로 하는 말이요, 우리에게는 상관없는 일이라. 사람의 일이 흉하든지 길하든지 우리가 울 일이 무엇 있소? 그것은 사람들이 무식하고 어리석어서 저희들이 좋지 아니한 때에 흉하게 듣고 하는 말이로다.

사람이 염병이니 괴질이니 앓아서 죽게 된 때에 우리가 어찌하여 그 근처에 가서 울면 사람들은 못생겨서 저희들이 약도 잘못 쓰고 위생도 잘못하여 죽는 줄은 알지 못하고 우리가 울어서 죽는 줄로만 알고, 저희끼리 욕설하려면 염병에 까마귀 소리라 하니 아, 어리석기가 사람같이 어리석은 것은 세상에 또 없도다.

요순 적에도 봉황이 나왔고 왕망 때도 봉황이 나오매 요순 적 봉황은 상서라 하고 왕망 때 봉황은 흉조처럼 알았으니, 물론 무슨 소리든지 사람이 근심 있을 때에 들으면 흉조로 듣고 좋은 일 있을 때 들으면 상서롭게 듣는 것이라. 무엇을 알고 하는 말은 아니요, 길하다 흉하다 하는 것은 듣는 저희에게 있는 것이요, 하는 우리에게 있는 것이 아니거늘, 사람들은 말하기를 까마귀는 흉한 일이 생길 때 와서 우는 것이라 하여 듣기 싫어하니, 사람들은 이렇듯 이치를 알지 못하는 어리석은 동물이라 책망하여 무엇하겠소.

또 우리는 아침에 일찍 해 뜨기 전에 집을 떠나서 사방으로 날아다니며 먹을 것을 구하여 부모 봉양도 하고, 나뭇가지를 물어다가 집도 짓고, 곡식에 해 되는 버러지도 잡아서 하느님 뜻을 받들다가 저녁이 되면 반드시 내 집으로 돌아가되 나가고 돌아올 때에 일정한 시간을 어기지 않건마는, 사람들은 점심때까지 자빠져서 잠을 자고 한번 집을 떠나서 나가면 혹은 협잡질하기, 혹은 술장 보기, 혹은 계집의 집 뒤지기, 혹은 노름하기, 세월이  가는 줄을 모르고 저희 부모가 진지를 잡수었는지 처자가 기다리는지 모르고 쏘다니는 사람들이 어찌 우리 까마귀의 족속만 하리오.

사람은 일 아니 하고 놀면서 잘 입고 잘 먹기를 좋아하되 우리는 제가 벌어 제가 먹는 것이 옳은 줄 아는 고로 결단코 우리는 사람들 하는 행위는 아니 하오. 여러분도 다 아시거니와 우리가 사람에게 업수이 여김을 받을 까닭이 없음을 살피시오."

손뼉 소리에 연단에서 내려가니, 또 한편에서 아리땁고도 밉살스러운 소리로 회장을 부르면서 강똥강똥 연설단을 향하여 올라가니, 어여쁜 태도는 남을 가히 호릴 만하고 갸웃거리는 모양은 본색이 드러나더라.

제 2 석

호 가 호 위(狐假虎威) – 여 우

여우가 연설단에 올라서서 기
생이 시조를 부르려고 목을 가
다듬는 것처럼 기침 한 번 캑 하더
니 간사한 목소리로 연설을 시작한다.

"나는 여우올시다. 점잖으신 여러분 모이신 데 감
히 나와서 연설하옵기는 방자한 듯하오나 저 인류에
게 대하여 소회가 있삽기 호가호위라 하는 문제를 가
지고 두어 마디 말씀을 하려 하오니, 비록 학문은 없
는 말이나 용서하여 들어 주시기를 바라옵니다.

사람들이 옛적부터 우리 여우를 가리켜 말하기를 요망한 것이라 간사한 것이라 하여 저희들 중에도 요망하든지 간사한 자를 보면 여우 같은 사람이라 하니, 우리가 그 더럽고 괴악한 이름을 듣고 있으나 우리는 참 요망하고 간사한 것이 아니요, 정말 요망하고 간사한 것은 사람이오. 지금 우리와 사람의 행위를 비교하여 보면 사람과 우리와 명칭을 바꾸었으면 옳겠소.

사람들이 우리를 간교하다 하는 것은 다름 아니라 〈전국책〉(전국시대에 종횡가가 제후에게 논한 책략을 중국 한나라 유향이 나라별로 모아 엮은 책)이라 하는 책에 기록하기를, 호랑이가 일백 짐승을 잡아먹으려고 구할 새 먼저 여우를 얻은지라, 여우가 호랑이더러 말하되, 하느님이 나로 하여금 모든 짐승의 어른이 되게 하였으니 지금 자네가 나의 말을 믿지 아니하거든 내 뒤를 따라와 보라, 모든 짐승이 나를 보면 다 두려워하느니라 하여 호랑이가 여우의 뒤를 따라가니 과연 모든 짐승이 보고 벌벌 떨며 두려워하

거늘 호랑이가 여우의 말을 정말로
알고 잡아먹지 못한지라.

이는 저들이 여우를 보고 두려
워한 것이 아니라 여우 뒤의 호랑
이를 보고 두려워한 것이니 여우가
호랑이의 위엄을 빌려서 모든 짐승으로 하여금 두렵
게 함인데 사람들은 이것을 빙자하여 우리 여우더러
간사하니 교활하니 하되, 남이 나를 죽이려 하면 어
떻게 하든지 죽지 않도록 주선하는 것은 당연한 일이
라. 호랑이가 아무리 산중 영웅이라 하지마는 우리에
게 속은 것만 어리석은 일이라. 속인 우리야 무슨 불
가한 일이 있으리오.

지금 세상 사람들은 당당한 하느님의 위엄을 빌려
야 할 터인데 외국의 세력을 빌려 의뢰하여 몸을 보
전하고 벼슬을 얻으려 하며, 타국 사람을 부동하여
제 나라를 망하고 제 동포를 압박하니 그것이 우리
여우보다 나은 일이오? 결단코 우리 여우만 못한 물
건들이라 하옵네다.(손뼉 소리 천지 진동)

또 나라로 말할지라도 대포와 총의 힘을 빌려서 남의 나라를 위협하여 속국도 만들고 보호국도 만드니, 불한당이 칼이나 육혈포를 가지고 남의 집에 들어가서 재물을 탈취하고 부녀를 겁탈하는 것이나 다를 것이 무엇 있소? 각국이 평화를 보전한다 하여도 하느님의 위엄을 빌려서 도덕상으로 평화를 유지할 생각은 조금도 없고 전혀 병장기의 위엄으로 평화를 보전하려 하니 우리 여우가 호랑이의 위엄을 빌려서 제 몸의 죽을 것을 피한 것과 어떤 것이 옳고 어떤 것이 그르오?

또 세상 사람들이 구미호를 요망하다 하나 그것은 대단히 잘못 아는 것이라. 옛적 책을 볼지라도 꼬리 아홉 있는 여우는 상서라 하였으니 〈잠학거류서〉라 하는 책에는 말하였으되 구미호가 도(道) 있으면 나타나고 나올 적에는 글을 물어 상서를 주문에 지었다 하였고, 왕포 〈사자강덕론〉이라 하는 책에는 주나라 문왕이 구미호를 응하여 동편 오랑캐를 돌아오게 하였다 하였고, 〈산해경〉(중국 고대의 지리책)이라 하는 책에는 청구국에 구미호가 있어서 덕이 있으면 오느니라 하였으니 이런 책을 볼지라도 우리 여우를 요망한 것이라 할 까닭이 없거늘, 사람들이 무식하여 이런 것은 알지 못하고 여우가 천 년을 묵으면 요사스러운 여편네로 화한다 하고 혹은 말하기를 옛적에 음란한 계집이 죽어서 여우로 태어났다 하니 이런 거짓말이 어디 또 있으리오.

　사람들은 음란하여 별일이 많되 우리 여우는 그렇지 않소. 우리는 분수를 지켜서 다른 짐승과 교통하는 일이 없고, 우리뿐 아니라 여러분이 다 그러하시되 사람이라 하는 것들은 음란하기가 짝이 없소. 어떤 나라 계집은 개와 통간한 일도 있고 말과 통간한 일도 있으니 이런 일은 천하만국에 한두 사람뿐이겠지마는 한 숟가락 국으로 온 솥의 맛을 알 것이라. 근래에 덕의가 끊어지고 인도가 없어져서 세상이 결딴난 일을 이루 다 말할 수 없소.

　사람의 행위가 그러하되 오히려 하느님을 두려워하지 아니하며 짐승을 부끄러워하지 아니하고, 대갓

 집 규중 여자가 논다니(웃음과 몸을 파는 여자를 속되게 이르는 말)로 놀아나서 이 사람 저 사람 호리기와 각부 아문 공청에서 기생 불러 노름 놀기, 전정이 만 리 같은 각 학교 학도들이 청루방에 다니기와 제 혈육으로 난 자식을 돈 몇 푼에 욕심나서 논다니로 내어 놓기, 이런 행위를 볼작시면 말하는 내 입이 더러워지오. 에, 더러워. 천지간에 더럽고 요망하고 간사한 것은 사람이오.

우리 여우는 그렇지 않소. 저들끼리 간사한 사람을 보면 여우라 하니, 그러한 사람을 여우라 할진대 지금 세상 사람 중에 여우 아닌 사람이 몇몇이나 있겠소? 또 저들은 서로 여우 같다 해도 가만히 듣고 있으되 만일 우리더러 사람 같다 하면 우리는 그 이름이 더러워서 아니 받겠소. 내 소견 같으면 이후로는 사람을 사람이라 하지 말고 여우라 하고, 우리 여우를 사람이라 하는 것이 옳은 줄로 아나이다."

제3석

정와어해(井蛙語海) — 개구리

여우가 연설을 그치고 할금할금 돌아보며 제자리로 내려가니, 또 한편에서 회장을 부르고 아장아장 걸어와 연단 위에 깡충 뛰어 올라간다. 눈은 톡 불거지고 배는 똥똥하고 키는 작달막한데 눈을 깜작깜작하며 입을 벌쭉벌쭉하고 연설한다.

"나는 성명은 말씀 아니 하여도 여러분이 다 아시리라. 나는 출입이라고는 미나리 논밖에 못 가본 고로 세계 형편도 모르고, 또 맹꽁이를 이

웃하여 산 고로 구학문의 맹자 왈 공자 왈은 대강 들었으나 신학문은 아는 것이 변변치 아니하나 지금 정와어해라 하는 문제로 대강 인류 사회를 논란코자 하옵네다.

사람들은 거만한 마음이 많아서 저들이 천하에 제일이라고 만물 중에 제가 가장 귀하다고 자칭하지마는 제 나랏일도 잘 모르면서 양비대담(소매를 걷어 올리고 큰소리를 침)하고 큰소리 탕탕 하고 주제넘은 말을 하는 것이 우습디.

우리 개구리를 가리켜 말하기를 우물 안 개구리와 바다 이야기 할 수 없다 하니, 항상 우물 안에 있는 개구리는 우물이 좁은 줄만 알고 바다에는 가보지 못하여 바다가 큰지 작은지, 긴지 짧은지, 깊은지 얕은지 알지 못하나 못 본 것은 아는 체는 아니 하거늘, 사람들은 좁은 소견을 가지고 외국 형편도 모르고 천하 대세도 살피지 못하고 공연히 떠들며 무엇을 아는 체하고, 나라는 다 망해 가건마는 썩은 생각으로 갑갑한 말만 하는도다.

또 어떤 사람들은 제 나라 안에 있어서 제 나랏일을 다 알지 못하면서 보도 듣도 못한 다른 나라 일을 다 아노라고 추적대니 가증하고 우습도다.

연전에 어느 나라 어떤 대관이 외국 대관을 만나서 수작할 새 외국 대관이 묻기를,

'대감이 지금 내무 대신으로 있으니 전국의 인구와 호수가 얼마나 되는지 아시오?'

한데 그 대관이 묵묵무언하는지라 또 묻기를,

'대감이 전에 탁지대신(대한제국 때에 둔 탁지부의 으뜸 벼슬)을 지내었으니 전국의 결총과 국고의 세출·세입이 얼마나 되는지 아시오?'

한데 그 대관이 또 아무 말도 못하는지라. 그 외국 대관이 말하기를,

'대감이 이 나라에 나서 이 정부의 대신으로 이같이 모르니 귀국을 위하여 가석하도다.'

하였고, 작년에 어느 나라 내부에서 각 읍에 훈령하고 부동산을 조사해 보아라 하였더니 어떤 군수는 고하기를, '이 고을에는 부동산이 없다' 하여 일세의

웃음거리가 되었으니 이같이 제 나랏일도 크나 적으나 도무지 아는 것 없는 것들이 일본이 어떠하니, 아라사(러시아)가 어떠하니, 구라파(유럽)가 어떠하니, 아메리카가 어떠하니, 제가 가장 많이 아는 듯이 지껄이니 기가 막히오.

대저 천지의 이치는 무궁무진하여 만물의 주인 되시는 하느님밖에 아는 이가 없는지라. 〈논어〉에 말하기를 '하느님께 죄를 얻으면 빌 곳이 없다' 하였는데 그 주에 말하기를 '하느님은 곧 이치' 라 하였으니 하느님이 곧 이치요, 하느님이 곧 만물 이치의 주인이라. 그런고로 하느님은 곧 조화주요, 천지 만물의 대주재시니 천지 만물의 이치를 다 아시려니와 사람은 다만 천지간의 한 물건인데 어찌 이치를 알 수 있으리오.

여간 좀 연구하여 아는 것이 있거든 그 아는 대로 세상에 유익하고 사회에 효험 있게 아름다운 사업을 영위할 것이거늘, 조그만치 남보다 먼저 알았다고 그 지식을 이용하여 남의 나라 빼앗기와 남의 백성 학대하기와 군함·대포를 만들어서 악한 일에 종사하니, 그런 나라 사람들은 당초에 사람 되는 영혼을 주지 아니하였다면 도리어 좋을 뻔하였소.

또 더욱 도리에 어기어지는 일이 있으니, 나의 지식이 저 사람보다 조금 낫다고 하면 남을 가르쳐 준다 하고 실상은 해롭게 하며, 남을 인도하여 준다 하고 제 욕심 채우는 일만 하며, 어떤 사람은 제 나라 형편도 모르면서 타국 형편을 아노라고 외국 사람을 부동하여 임금을 속이고 나라를 해치며, 백성을 위협하여 재물을 도둑질하고 벼슬을 도둑질하며, 개화하였다고 자칭하여 양복 입고, 단장 짚고, 궐련 물고, 시계 차고, 살죽경 쓰고, 인력거나 자행거 타고, 제가 외국 사람인 체하여 제 나라 동포를 압제하며, 혹은 외국 사람 상종함을 영광으로 알고 아첨하며, 제 나라 일을 변변히 알지도 못하는 것을 가르쳐 주며, 여간 월급냥이나 벼슬 낱이나 얻어 하노라고 남의 나라 정탐꾼이 되어 애매한 사람 모함

하기, 어리석은 사람 위협하기로 능사를 삼으니 이런 사람들은 안다 하는 것이 도리어 큰 병통이 아니오?

우리 개구리 족속은 우물에 있으면 우물에 있는 분수를 지키고, 미나리 논에 있으면 미나리 논에 있는 분수를 지키고, 바다에 있으면 바다에 있는 분수를 지키나니, 그러면 우리는 사람보다 상등이 아니오니까.(손뼉 소리 짤각짤각)

또 무슨 동물이든지 자식이 아비 닮는 것은 하느님의 정하신 뜻이라. 우리 개구리는 대대로 자식이 아비 닮고 손자가 할아비를 닮되 형용도 똑같고 성품도 똑같아서 추호도 다르지 않거늘 사람의 자식은 제 아비 닮는 것이 별로 없소. 요 임금의 아들이 요 임금을 닮지 아니하고, 순 임금의 아들이 순 임금과 같지 아니하고, 하우씨(중국 하나라의 우임금)와 은왕 성탕은 성인이로되 그 자손 중에 포악하기로 유명한 걸과 주 같은 이가 났고, 왕건 태조는 영웅이로되 왕우·왕창이 생겼으니, 일로 보면 개구리 자손은 개구리를 닮되 사람의 새끼는 사람을 닮지 아니하도다. 그러한즉 천지 자연의 이치를 지키는 자는 우리가 사람에게 비교할 것이 아니요, 만일 아비를 닮지 아니한 자식을 마귀의 자식이라 할진대 사람의 자식은 다 마귀의 자식이라 하겠소.

또 우리는 관가 땅에 있으면 관가를 위하여 울고 사사 땅에 있으면 사사를 위하여 울거늘, 사람은 한 번만 벼슬자리에 오르면 붕당을 세워서 권리 다툼하기와 권문세가에 아첨하러 다니기와 백성을 잡아다가 주리 틀고 돈 빼앗기와 무슨 일을 당하면 청촉 듣고 뇌물 받기와 나랏돈 도적질하기와 인민의 고혈을 빨아먹기로 종사하니, 날더러 도적놈 잡으라 하면 벼슬하는 관인들은 거반 다 감옥서감이요.

또 우리들의 우는 것이 울 때 울고 길 때 기고 잠잘 때 자는 것이 천지 이치에 합당하거늘, 불란서라 하는 나라 양반들이 우리 개구리 우는 소리를 듣기 싫다고 백성들을 불러 개구리를 다 잡으라 하다가 마침내 혁명당이 일어나서 난리가 되었으니 사람같이 무도한 것이 세상에 또 있으리오?

당나라 때 한 사람이 우리를 두고 글을 짓되 개구리가 도의 맛을 아는 것 같아서 연꽃 깊은 곳에서 운다 하였으니, 우리의 도덕심 있는 것은 사람도 아는 것이라. 우리가 어찌 사람에게 굴복하리오.

동양 성인 공자께서 말씀하시기를, 아는 것은 안다 하고 알지 못하는 것은 알지 못한다 하는 것이 정말 아는 것이라 하였으니, 저희들이 천박한 지식으로 남을 속이기를 능사로 알고 천하 만사를 모두 아는 체하니, 우리는 이같이 거짓말은 하지 아니하오. 사람이란 것은 하느님의 이치를 알지 못하고 악한 일만 많이 하여 그대로 둘 수 없으니 차후는 사람이라 하는 명칭을 주지 않는 것이 대단히 옳을 줄로 생각하오.”

넙죽넙죽 하는 말이 소진 · 장의가 오더라도 당치 못할러라. 말을 그치고 내려오니 또 한편에서 회장을 부르고 나는 듯이 연설단에 올라간다.

제4석

구밀복검(口蜜腹劍) - 벌

허리는 잘록하고 체격은 조그마한데 두 어깨를 떡 벌리고 청랑한 소리로 머리를 까딱까딱하면서 연설한다.

"나는 벌이올시다. 지금 구밀복검이라 하는 문제를 가지고 잠깐 두어 마디 말씀할 터인데, 먼저 서양에서 들은 이야기를 잠깐 하오리다. 당초에 천지 개벽할 때 하느님이 에덴동산을 준비하사 각 색 초목과 각색 짐승을 그 안에 두고 사 람을 만들어 거기서 살게 하시니 그 사

람의 이름은 아담이라 하고 그 아내는 하와라 하였는데 지금 온 세상 사람들의 조상이라.

사람은 특별히 모양이 하느님과 같고 마음도 하느님과 같게 하였으니 사람은 곧 하느님의 아들이라 하는 뜻을  잊지 말고 하느님의 마음을 본받아 지극히 착하게 되어야 할 터인데, 아담과 하와가 죄를 짓고 에덴동산에서 쫓겨난지라.

우리 벌의 조상은 죄도 아니 짓고 하느님의 뜻대로 순종하여 각색 초목의 꽃으로 우리의 전답을 삼고 꿀을 농사하여 양식을 만들어 복락을 누리니 조상 적부터 우리가 사람보다 나은지라.

세상이 오래되어 갈수록 사람은 하느님과 더욱 멀어지고 오늘날에 와서는 거죽은 사람 형용이 그대로 있으나 실상은 시랑(승냥이와 이리)과 마귀가 되어 서로 싸우고 서로 죽이고 서로 잡아먹어서 약한 자의 고기는 강한 자의 밥이 되고, 큰 것은 작은 것을 압제

하여 남의 권리를 늑탈하여 남의 재산을
속여 빼앗으며, 남의 토지를 앗아가고 남
의 나라를 위협하여 망하게 하니 그 흉측
하고 악독함을 무엇이라 이르겠소?

사람들이 우리 벌을 독한 사람에게 비
유하여 말하기를, 입에 꿀이 있고 배에 칼
이 있다 하나 우리 입의 꿀은 남을 꾀려
하는 것이 아니라 우리 양식을 만드는 것이요, 우리
배의 칼은 남을 공연히 쏘거나 찌르는 것이 아니라
남이 나를 해치려 하는 때에 정당방위로 쓰는 칼이
요, 사람같이 입으로는 꿀같이 말을 달게 하고 배에
는 칼 같은 마음을 품은 우리가 아니오.

또 우리의 입은 항상 꿀만 있으되 사람의 입은 변
화가 무쌍하여 꿀같이 달 때도 있고, 고추같이 매울
때도 있고, 칼같이 날카로울 때도 있고, 비상같이 독
할 때도 있어서 마주 대하였을 때에는 꿀을 들이붓는
것같이 달게 말하다가 돌아서면 흉보고 욕하고 노여
워하고 악담하며, 좋아 지낼 때에는 깨소금 항아리같

이 고소하고 맛있게 수작하다가 조금만 미흡한 일이 있으면 죽일 놈 살릴 놈 하며 무성포(소리 안 나는 총)가 있으면 곧 놓아 죽이려 하니 그런 악독한 것이 또 어디 있으리오. 에, 여러분, 여보시오. 그래, 우리 짐승 중에 사람들처럼 그렇게 악독한 것들이 있단 말이오? (손뼉 소리 귀가 막막)

사람들이 서로 욕설하는 소리를 들으면 참 귀로 들을 수 없소. 별 흉악망측한 말이 많소. '빠가', '갓댐' 같은 욕설은 오히려 관계치 않소. '네밀 붙을 놈', '염병에 땀을 못 낼 놈' 하는 욕설은 제 입을 더럽히고 제 마음 악한 줄을 모르고 얼씬하면 이런 욕설을 함부로 하니 어떻게 흉악한 소리오.

에, 사람의 입에는 도덕상 좋은 말은 별로 없고 못된 소리만 쓸데없이 지저귀니 그것들을 사람이라고? 그것들을 만물 중에 가장 귀한 것이라고? 우리는 천지간의 미물이로되 그렇지는 않소.

또 우리는 임금을 섬기되 충성을 다하고 장수를 뫼시되 군령이 분명하며, 제각각 직업을 지켜 일을 부

지런히 하여 주리지 아니하거늘, 어떤 나라 사람들
은 제 임금을 죽이고 역적의 일을 하며, 제 장수의 명
령을 복종치 아니하고 난병도 되며, 백성들은 게을
러서 아무 일도 아니 하고 공연히 쏘다니며, 놀고 먹
고 놀고 입기 좋아하며, 술이나 먹고 노름이나 하고
계집의 집이나 찾아다니고 협잡이나 하고, 그렁저렁
세월을 보내어 집이 구차하고 나라가 간난하니 사람
으로 생겨나서 우리 벌들보다 낫다 하는 것이 무엇
이오?

　서양의 어느 학자가 우리를 두고 노래를 하나 지었
으니,

　　아침 이슬 저녁 볕에
　　이 꽃 저 꽃 찾아가서
　　부지런히 꿀을 물고
　　제 집으로 돌아와서
　　반은 먹고 반은 두어
　　겨울 양식 저축하여

무한 복락 누릴 때에
하느님의 은혜라고
빛난 날개 좋은 소리
아름답게 찬미하네

　그래, 사람 중에 사람스러운 것이 몇이나 있소? 우리는 사람들에게 시비 들을 것 조금도 없소. 사람들의 악한 행위를 말하려면 끝이 없겠으나 시간이 부족하여 그만둡네다."

제5석

무장공자(無腸公子) — 게

벌이 연설을 그치고 미처 연설단을 내려서기 전에 또 한편에서 회장을 부르고 나오니, 모양이 기괴하고 눈에 영채가 있어 힘센 장수같이 두 팔을 쩍 벌리고 어깨를 추썩추썩하며 하는 말이,

"나는 게올시다. 지금 무장공자라 하는 문제로 연설할 터인데, 무장공자라 하는 말은 창자 없는 물건이라 하는 말이니, 옛적에 포박자(중국 진나라 때 도교 연금술사)라 하는 사람이 우리 게의 족속을 가리

켜 무장공자라 하였으니 대단히 무례한 말이로다.

그래, 우리는 창자가 없고 사람들은 창자가 있소. 시방 세상 사는 사람 중에 옳은 창자 가진 사람이 몇 명이나 되겠소? 사람의 창자는 참 썩고 흐리고 더럽소. 의복은 능라주의(무늬가 있는 비단과 명주옷)로 지르르 흐르게 잘 입어서 외양은 좋아도 다 가죽만 사람이지 그 속에는 똥밖에 아무것도 없소.

좋은 칼로 배를 가르고 그 속을 보면 구린내가 물큰물큰 나오. 지금 어떤 나라 정부를 보면 깨끗한 창자라고는 아마 몇 개 없으리다. 신문에 그렇게 나무라고, 사회에서 그렇게 시비하고, 백성이 그렇게 원망하고, 외국 사람이 그렇게 욕들을 하여도 모르는 체하니 이것이 창자 있는 사람들이오?

그 정부에 옳은 마음 먹고 벼슬하는 사람 누가 있소? 한 사람이라도 있거든 있다고 하시오. 만판 경륜이 임금 속일 생각, 백성 잡아먹을 생각, 나라 팔아먹을 생각밖에 아무 생각 없소. 이같이 썩고 더럽고 똥만 들어서 구린내가 물큰물큰 나는 창자보다는 우리의 없는 것이 도리어 낫소.

또 욕을 보아도 성낼 줄도 모르고, 좋은 일을 보아
도 기뻐할 줄 모르는 사람이 많이 있소. 남의 압제를
받아 살 수 없는 지경에 이르되 깨닫고 분한 마음 없
고, 남에게 그렇게 욕을 보아도 노여워할 줄 모르고
종 노릇 하기만 좋게 여기고 달게 여기며, 관리에게
무례한 압박을 당하여도 자유를 찾을 생각이 도무지
없으니 이것이 창자 있는 사람들이라 하겠소?

우리는 창자가 없다 하여도 남이 나를 해치려 하면
죽더라도 가위로 집어 한 놈 물고 죽소. 내가 한 번
어느 나라에 지나다 보니, 외국 병정이 지나가는데
그 나라 부인을 건드려 젖퉁이를 만지려 하매 그 부
인이 소리를 지르고 욕을 한즉, 그 병정이 발로 차고
손으로 때려서 행악이 무쌍한지라. 그 나라 사람들이
모여 서서 그것을 구경만 하고 한 사람도 대들어 그
부인을 도와주고 구원하여 주는 사람이 없으니, 그
사람들은 그 부인이 외국 사람에게 당하는 것을 상관
없는 줄로 알아서 그러한지 겁이 나서 그러한지, 결

단코 남의 일이 아니라 저희 동포가 당하는 일이니 저들이 당함이거늘 그것을 보고 분낼 줄 모르고 도리어 웃고 구경만 하니, 그 부인의 오늘날 당하는 욕이 내일 제 어미나 제 아내에게 또 돌아올 줄을 알지 못하는가?

이런 것들이 창자 있다고 사람이라 자긍하니 허리가 아파 못 살겠소. 창자 없는 우리 게는 어찌하면 좋겠소? 나라에 경사가 있으되 기뻐할 줄 알지 못하여 국기 하나 내어 꽂을 줄 모르니 그것이 창자 있는 것이오? 그런 창자는 부럽지 않소.

창자 없는 우리 게의 행한 사적을 좀 들어 보시오. 송나라 때 추호라 하는 사람이 채경에서 사로잡혀 소주로 귀양 갈 때 우리가 구원하였으며, 산주 구세라 하는 때 한 처녀가 죽게 된 것을 살려 내느라고 큰 뱀

을 우리 가위로 잘라 죽였으며, 산신과 싸워서 호인의 배를 구원하였고, 객사한 송장을 드러내어 음란한 계집의 죄를 발각하였으니 우리의 행한 일은 다 옳고 아름다운 일이오. 사람같이 더러운 일은 하지 않소.

또 사람들도 우리의 행위를 자세히 아는 고로 '게도 제 구멍이 아니면 들어가지 아니한다'는 속담이 있소. 참 그러하지요. 우리는 암만 급하더라도 들어갈 구멍이라야  들어가지 부당한 구멍에는 들어가지 않소.

사람들을 보면 부당한 데로 들어가는 사람이 많소. 부모처자를 내버리고 중이 되어 산속으로 들어가는 이도 있고, 여염집 부인네들은 음란한 생각으로 불공한다 핑계하고 절간 초막으로 들어가는 이도 있고, 명예 있는 신사라 자칭하고 쓸데없는 돈 내버리러 기생집에 들어가는 이도 있고, 옳은 길 내버리고 그른 길로 들어가는 사람, 옳은 종교 싫다 하고 이단으로 들어가는 사람, 돌을 안고 못으로 들어가는 사람, 섶을 지고 불로 들어가는 사람, 이루 다 말할 수 없소.

당연히 들어갈 데와 못 들어갈 데를 분별치 못하고 못 들어갈 데를 들어가서 화를 당하고 패를 보고 해를 끼치니, 이런 사람들이 무슨 창자 있노라고 우리의 창자 없는 것을 비웃소?

지금 사람들을 보면 그 창자가 다 썩어서 미구에 (오래지 않아) 창자 있는 사람은 한 개도 없이 다 무장공자가 될 것이니 이 다음에는 사람더러 무장공자라고 불러야 옳겠소."

제6석

영영지극(營營之極) - 파리

　게가 입에서 거품이 부걱부걱 나오며 수용산출(생
각과 재주가 샘솟듯 풍부하여 시나 글을 즉흥적으로
짓는 것)로 하던 말을 그치고 엉금엉금 기어 내려가
니, 파리가 또 회장을 부르고 나는 듯이 연단에 올라
가서 두 손을 싹싹 비비면서 말을 한다.

　"나는 파리올시다. 사람들이 우리 파리를 가리켜
말하기를 파리는 간사한 소인이라 하니, 대저 사람이
라 하는 것들은 제 흉은 살피지 못하고 다만 남의 말
은 잘하는 것들이오. 간사한 소인의 성품과 태도를

가진 것들은 사람들이요. 우리는 결단코 소인의 성품과 태도를 가진 것이 아니오. 〈시전〉(시경의 내용을 알기 쉽게 풀이한 책)이라 하는 책에 말하기를 '영영한 푸른 파리가 횃대에 앉았다.' 하였으니 이것은 우리를 가리켜 한 말이 아니라 사람들을 비유한 말이오. 옛글에 '방에 가득한 파리를 쫓아도 없어지지 않는다.' 하는 말도 우리를 두고 한 말이 아니라 사람 중의 간사한 소인을 가리켜 한 말이오.

　우리는 결코 간사한 일은 하지 아니하였소마는 인간에는 참 소인이 많습디다. 사슴을 가리켜 말이라 하여 임금을 속인 것이 비단 조고(중국 진나라 내시) 한 사람뿐 아니라 지금 망해 가는 나라 조정을 보면 온 정부가 다 조고 같은 간신이요, 천자를 끼고 제후에게 호령함이 또한 조조(중국 삼국시대 위나라의 시조. 권모술수에 능하여 흔히 간사한 사람에 비유) 한 사람뿐 아니라 지금 도덕은 떨어지고 효박한(쌀쌀하고 각박함) 풍기를 보면 온 세계가 다 조조 같은 소인이라.

웃음 속에 칼이 있고 말 속에 총이 있어, 친구라고 사귀다가 저 잘되면 차 버리고, 동지라고 상종하다 남 죽이고 저 잘되기, 누구누구는 빈천지교(가난하고 천할 때 사귄 벗) 저버리고 조강지처 내쫓으니 그것이 사람이며, 아무아무 유지지사(뜻 있는 선비) 고발하여 감옥서에 몰아넣고 저 잘되기 희망하니 그것도 사람인가?

쓸개에 가 붙고 간에 가 붙어 요리조리 알씬알씬하는 사람 정말 밉기도 밉습디다. 여러분도 다 아시거니와 그래, 공담(公談)으로 말하자면 우리가 소인이오? 사람들이 간물이오? 생각들 하여 보시오.

또 우리는 먹을 것을 보면 혼자 먹는 법 없소. 여러 족속을 청하고 여러 친구를 불러서 화락한 마음으로 한 가지로 먹지마는 사람들은 이끗만 보면 형제간에도 의가 상하고 일가 간에도 정이 없어지며, 심한 자는 서로 골육상쟁하기를 예사로 아니, 참 기가 막히오.

동포끼리 서로 사랑하고 서로 구제하는 것은 하느

님의 이치거늘 사람들은 과연 제 동포끼리 서로 사랑
하는가? 저들끼리 서로 빼앗고 서로 싸우고 서로 시
기하고 서로 흉보고 서로 총을 쏘아 죽이고 서로 칼
로 찔러 죽이고 서로 피를 빨아 마시고 서로 살을 깎
아 먹되 우리는 그렇지 않소.

세상에 제일 더러운 것은 똥이라 하지마는 우리가
똥을 눌 때 남이 다 보고 알도록 흰 데는 검게 누고
검은 데는 희게 누어서 남을 속일 생각은 하지 않소.
사람들은 똥보다 더 더러운 일을 많이 하지마는 혹
남의 눈에 보일까, 남의 입에 오르내릴까 겁을 내어
은밀히 하되 무소부지(모르는 것이 없음)하신 하느님
은 먼저 아시고 계시오.

옛적에 유형이라 하는 사람은 부채를 들고 참외에
앉은 우리를 쫓고, 왕사라 하는 사람은
칼을 빼어 먹이를 먹는 우리를 쫓을 새,
저 사람들이 그렇게 쫓되 우리가 가지
아니함을 성내어 하는 말이, '파리는 쫓
아도 도로 온다.' 며 미워하니, 저들이 쫓을 것

은 쫓지 아니하고 아니 쫓을 것은 쫓는도다.

　사람들은 우리를 쫓으려 할 것이 아니라 불가불 쫓아야 할 것이 있으니 사람들아, 부채를 놓고 칼을 던지고 잠깐 내 말을 들어라. 너희들이 당연히 쫓을 것은 너희 마음을 수고롭게 하는 마귀니라. 사람들아, 사람들아. 너희들은 너희 마음속에 있는 물욕을 쫓아 버려라. 너희 머릿속에 있는 썩은 생각을 내쫓으라. 너희 조정에 있는 간신들을 쫓아 버려라. 너희 세상에 있는 소인들을 내쫓으라. 참외가 다 무엇이며 먹이가 다 무엇이냐? 사람들아, 사람들아. 우리 수십억만 마리가 일제히 손을 비비고 비나니, 우리를 미워하지 말고 하느님이 미워하시는, 너희를 해치는 여러 마귀를 쫓으라. 손으로만 빌어서 아니 들으면 발로라도 빌겠다.”

　의기가 양양하여 사람을 저의 똥만치도 못하게 나무라고, 겸하여 충고의 말로 권고하고 내려간다.

제7석

가정맹어호(苛政猛於虎) - 호랑이

웅장한 소리로 회장을 부르
니 산천이 울린다. 연단에 올라
서서 머리를 설레설레 흔들고 좌중을
내려다보니 눈알이 등불 같고 위풍이 늠
름한데 주홍 같은 입을 떡 벌리고 어금니를
부지직 갈며 연설하는데 좌중이 조용하다.

"본원의 이름은 호랑인데 별호는 산군이올시다. 여
러분 중에도 혹 아시는 이도 있을 듯하오. 지금 가정
이 맹어호라 하는 문제를 가지고 두어 마디 할 터인

데, 이것은 여러분이 아시는 것과 같이 옛적 유명한 성인 공자님이 하신 말씀이라. 가정이 맹어호라 하는 뜻은 까다로운 정사가 호랑이보다 무섭다 함이니, 양자(중국 전국시대의 학자. 노자 사상의 일단을 이어 자기중심적 쾌락주의를 주장)라 하는 사람도 이와 같은 말을 했는데 혹독한 관리란 날개 있고 뿔 있는 호랑이와 같다 한지라.

세상에 사람들이 말하기를 제일 포악하고 무서운 것은 호랑이라 하였으니 자고이래로 사람들이 우리에게 해를 받은 자가 몇 명이나 되느뇨? 도리어 사람이 사람에게 해를 당하며 살육을 당한 자가 몇 억만 명인지 알 수 없소. 우리는 설사 포악한 일을 할지라도 깊은 산과 깊은 골과 깊은 수풀 속에서만 횡행할 뿐이오.

사람처럼 청천백일지하에 왕궁 국도에서는 하지 아니하거늘 사람들은 대낮에 사람을 죽이고 재물을 빼앗으며 죄 없는 백성을 감옥에 몰아

넣어서 돈 바치면 내어 놓고 세 없으면 죽이는 것과, 임금은 아무리 인자하여 사전(赦典)을 내리더라도 법관이 용사(用事)하여 공평치 못하게 죄인을 조종하고, 돈을 받고 벼슬을 내어서 벼슬한 사람이 그 밑천을 뽑으려고 음흉한 수단으로 정사를 까다롭게 하여 백성을 못 견디게 하니, 사람들의 악독한 일을 우리 호랑이에게 비하여 보면 몇 만 배가 더 될는지 알 수 없소.

또 우리는 다른 동물을 잡아먹더라도 하느님이 만들어 주신 발톱과 이빨로 하느님의 뜻을 받아 천성의 행위를 행할 뿐이거늘, 사람들은 학문을 이용하여 화학이니 물리학이니 배워서 사람의 도리에 유익하고 옳은 일에 쓰는 것은 별로 없고, 각색 병기를 발명하여 군함이니 총이니 탄환이니 화약이니 칼이니 활이니 하는 등물을 만들어서 재물을 무한히 내버리고 사람을 무수히 죽여서 나라를 만들 때의 만반 경륜은 다 남을 해하려는 마음뿐이라.

그런고로 영국 문학박사 판스라 하는 사람이 말하

기를, '사람이 사람에게 대하여 잔인한 까닭으로 수천만 명 사람이 참혹한 지경에 들어갔도다.' 하였고, 옛날 진 소왕이 초 회왕을 청하매 초 회왕이 진나라에 들어가려 하거늘 그 신하 국평이 간하여 가로되, '진나라는 호랑이 나라이라 가히 믿지 못할지니 가시지 마소서.' 하였으니 호랑이 나라가 어찌 진나라 하나뿐이리오.

오늘날 오대주를 둘러보면 사람 사는 곳곳마다 어느 나라가 욕심 없는 나라가 있으며, 어느 나라가 포학하지 아니한 나라가 있으며, 어느 인간이 고상한 천리를 말하는 자가 있으며, 어느 세상에 진정한 인도를 의론하는 자가 있느뇨?

나라마다 진나라요, 사람마다 호랑이라. 세상 사람들이 말하기를 호랑이는 포학 무쌍한 것이라 하되 이것은 알지 못하는 말이로다. 우리는 원래 천품이 은

혜를 잘 갚고 의리를 깊이 아나니 글자 읽는 사람은
짐작할 듯하오. 옛적에 진나라 곽무자라 하는 사람이
호랑이 목구멍에 걸린 뼈를 빼내어 주었더니 사슴을
드려 은혜를 갚았고, 영윤 자문을 낳아서 몽택에 버
렸더니 젖을 먹여 길렀으며, 양위의 효성에 감동하여
몸을 물리쳤으니, 이런 일을 보면 우리가 은혜에 감
동하고 의리를 아는 것이라. 사람들로 말하면 은혜를
알고 의리를 지키는 사람이 몇몇이나 되겠소?

　옛적 사람이 말하기를 '호랑이를 기르면 후환이 된
다.' 하여 지금까지 양호유환이라 하는 문자를 쓰지마
는 되지 못한 사람의 새끼를 기르는 것이 도리어 정
말 후환이 되는지라. 호랑이 새끼를 길러서 돈을 모
으는 사람은 있으되 사람의 자식을 길러서 덕을 보는
사람은 별로 없소.

　또 속담에 이르기를, '호랑이 죽음은 껍질에 있고
사람의 죽음은 이름에 있다.' 하니 지금 세상 사람에
게 정말 명예 있는 사람이 몇 명이나 있소? 인생 칠
십 고래희라, 한 세상 살 동안이 얼마 되지 아니한데

옳은 일만 할지라도 다 못하고 죽을 터인데 꿈결 같은 이 세상을 구구히 살려 하여 못된 일 할 생각이 시꺼멓게 있어서, 앞문으로 호랑이를 막고 뒷문으로 승냥이를 불러들이는 자도 있으니 어찌 불쌍치 아니하리오. 옛적 사람은 호랑이의 가죽을 쓰고 도적질하였으나 지금 사람들은 사람의 껍질을 쓰고 마음은 호랑이의 마음을 가져서 더욱 험악하고 더욱 흉포한지라.

하느님은 지공무사(지극히 공정하여 사사로움이 없음)하신 하느님이시니 이같이 험악하고 흉포한 것들에게 제일 귀하고 신령하다는 권리를 줄 까닭이 무엇이오. 사람으로 못된 일 하는 자의 종자를 없애는 것이 좋은 줄로 생각하옵네다."

제8석

쌍거쌍래(雙去雙來) — 원앙

호랑이가 연설을 그치고 내려가니, 또 한편에서 형용이 단정하고 태도가 신중한 어여쁜 원앙새가 연단에 올라서서 애연한 목소리로 말을 한다.

"나는 원앙이올시다. 여러분이 인류의 악행을 공격하는 것이 다 절당한 말씀이로되 인류의 제일 괴악한 일은 음란한 것이오. 하느님이 사람을 내실 때 한 남자에 한 여인을 내셨으니 한 사나이와 한 여편네가 서로 저버리지 아니함은 천

리에 정한 인륜이라.

사나이도 계집을 여럿 두는 것이 옳지 않고 여편네도 서방을 여럿 두는 것이 옳지 않거늘, 세상 사람들은 다 생각하기를 사나이는 계집을 많이 두고 호강하는 것이 좋은 것인 줄로 알고 처첩을 두셋씩 두는 사람도 있으며, 어떤 사람은 대여섯 명 두는 자도 있으며, 혹은 장가든 뒤에 그 아내를 돌아보지 아니하고 두 번 세 번 장가드는 자도 있으며, 혹은 아내를 소박하고 첩을 사랑하다가 패가망신하는 자도 있으니 사나이가 두 계집 두는 것은 천리에 어기어짐이라.

계집이 두 사나이를 두면 변고로 알고 사나이가 두 계집 두는 것은 예사로 아니 어찌 그리 편벽되며, 사나이가 남의 계집 도적함은 꾸짖지 아니하고 계집이 남의 사나이를 상관하면 큰 변인 줄 아니 어찌 그리 불공평하오? 하느님의 천연한 이치로 말할진대 사나이는 아내 한 사람만 두고 여편네는 남편 한 사람만 좇을지라.

남녀 불문하고 두 사람을 두든지 섬기는 것은 옳지

아니하거늘, 지금 세상 사람들은 괴 악하고 음란하고 박정하여 길가의 한 가지 버들을 꺾기 위하여 백년 해로하려던 사람을 잊어버리고, 동 산의 한 송이 꽃을 보기 위하여 조

강지처를 내쫓으며, 남편이 병이 들어 누웠는데 의원 과 간통하는 일도 있고, 복을 빌어 불공한다 가탁(거 짓 핑계를 댐)하고 중 서방 하는 일도 있고, 남편 죽 어 사흘이 못 되어 서방 해갈(목마름을 해소함) 주선 하는 일도 있으니, 사람들은 계집이나 사나이나 인정 도 없고 의리도 없고 다만 음란한 생각뿐이라 할 수 밖에 없소.

우리 원앙새는 천지간에 지극히 적은 물건이로되 사람과 같이 그런 더러운 행실은 아니 하오. 남녀의 법이 유별하고 부부의 윤기가 지중한 줄을 아는 고로 음란한 일은 결코 없소.

사람들도 우리 원앙새의 역사를 짐작하기로 이야 기하는 말이 있소. 옛날에 한 사냥꾼이 원앙새 한 마

리를 잡았더니 암원앙새가 수원앙새를 잃고 수절하여 과부로 있은 지 1년 만에 또 사냥꾼의 화살에 맞아 잡힌 바 된지라, 사냥꾼이 원앙새를 잡아 가지고 집으로 돌아와서 털을 뜯을 새 날개 아래 무엇이 있거늘 자세히 보니 거년에 자기가 잡아 온 수원앙새의 대가리라. 이것은 암원앙새가 수원앙새와 같이 있다가 수원앙새가 사냥꾼의 화살을 맞아서 떨어지니, 그 창황 중에도 수원앙새의 대가리를 집어 가지고 숨어서 일시의 난을 피하여 짝 잃은 한을 잊지 아니하고 서방의 대가리를 날개 밑에 끼고 슬피 세월을 보내다가 또한 사냥꾼에게 잡힌 바 된지라. 그 사냥꾼이 이것을 보고 정절이 지극한 새라 하여 먹지 아니하고 정결한 땅에 장사를 지낸 후로 그때부터 다시는 원앙새는 잡지 아니하였다 하니, 우리 원앙새는 짐승으로되 절개를 지킴이 이러하오.

　사람들의 행위를 보면 추하고 비루하고 음란하여 우리보다 귀하다 할 것이 조금도 없소. 사람들의 행사를 대강 말할 터이니 잠깐 들어 보시오. 부인이 죽

으면 불쌍히 여기는 남편이 몇이나 되겠소? 상처한
후에 사나이 수절하였다는 말은 들어 보도 못하였소.
낱낱이 재취를 하든지 첩을 얻든지 자식에게 못할 노
릇하고 집안에 화근을 일으켜 화기를 손상케 하고,
계집으로 말하면 남편 죽은 후에 수절하는 사람은 많
으나 속으로 서방질 다니며 상부한 지 며칠이 못 되
어 개가할 길 찾느라고 분주한 계집도 있고, 또 자식
을 낳아서 개구멍이나 다리 밑에 내버리는 것도 있으
며, 심한 계집은 간부에게 혹하여 산 서방을 두고 도
망질하기와 약을 먹여 죽이는 일까지 있으니 저들의
별별 괴악한 일은 이루 다 말할 수 없소. 세상에 제일
더럽고 괴악한 것은 사람이라, 다 말하려면 내 입이
더러워질 터이니까 그만두겠소."

　원앙새가 연설을 그치고 연단에서 내려오니, 회장
이 다시 일어나서 말한다.

폐회(閉會)

"여러분 하시는 말씀을 들으니 다 옳으신 말씀이오. 대저 사람이라 하는 동물은 세상에 제일 귀하다 신령하다 하지마는, 나는 말하자면 제일 어리석고 제일 더럽고 제일 괴악하다 하오. 그 행위를 들어 말하자면 한정이 없고 또 시간이 진하였으니 그만 폐회하오."

하더니 그 안에 모였던 짐승이 일시에 나는 자는 날고, 기는 자는 기고, 뛰는 자는 뛰고, 우는 자도 있고, 짖는 자도 있고, 춤추는 자도 있어 다 각각 돌아가더라.

슬프다! 여러 짐승의 연설을 듣고 가만히 생각해 보

니 세상에 불쌍한 것이 사
람이로다. 내가 어찌하여
사람으로 태어나서 이런
욕을 보는고! 사람은 만물
중에 귀하기로 제일이요, 신
령하기도 제일이요, 재주도 제일이요, 지혜도 제일이
라 하여 동물 중에 제일 좋다 하더니 오늘날로 보면
제일로 악하고, 제일 흉괴하고, 제일 음란하고, 제일
간사하고, 제일 더럽고, 제일 어리석은 것은 사람이
로다.

까마귀처럼 효도할 줄도 모르고, 개구리처럼 분수
지킬 줄도 모르고, 여우보다도 간사하고, 호랑이보다
도 포악하고, 벌과 같이 정직하지도 못하고, 파리같
이 동포 사랑할 줄도 모르고, 창자 없는 일은 게보다
심하고, 부정한 행실은 원앙새가 부끄럽도다.

여러 짐승이 연설할 때 나는 사람을 위하여 변명 연
설을 하리라 하고 몇 번 생각해 본즉 무슨 말로 변명
할 수가 없고, 반대를 하려 하나 현하지변(물이 세차

게 흐르듯 거침없이 말을 잘함)을 가지고도 쓸 데가 없도다. 사람이 떨어져서 짐승의 아래가 되고 짐승이 도리어 사람보다 상등이 되었으니 어찌하면 좋을꼬.

예수님의 말씀을 들으니 하느님이 아직도 사람을 사랑하신다 하고, 사람들이 악한 일을 많이 하였을지라도 회개하면 구원 얻는 길이 있다 하였으니 이 세상에 있는 여러 형제자매는 깊이깊이 생각하시오.

공진회는 여러 가지 신기한 물건을 벌여놓고

모든 사람으로 하여금

구경하게 하는 것이어니와,

이 책은 소설 공진회라.

공진회

  총독부에서 새로운 정치를 시행한 지 다섯 해 된 기
념으로 공진회를 개최하니, 공진회는 여러 가지 신기
한 물건을 벌여 놓고 모든 사람으로 하여금 구경하게
하는 것이어니와 이 책은 소설 공진회라. 여러 가지
기기묘묘한 사실을 책 속에 기록하여 모든 사람으로
하여금 보게 한 것이니 총독부에서는 물산 공진회를
광화문 안 경복궁 속에 개설하였고, 나는 소설 공진
회를 언문으로 이 책 속에 진술하였
도다.

  물산 공진회는 돌아다니며 구
경하는 것이요, 소설 공진회는
앉아서 드러누워 보는 것이라.
물산 공진회를 구경하고 돌아와서 여

관 한등 적적한 밤과 기차 타고 심심할 적과 집에 가서 한가할 때 이 책을 펼쳐 들고 한 대문 내려 보면 피곤 근심 간 데 없고 재미가 진진하여 두 대문 세 대문을 책 놓을 수 없을 만치 아무쪼록 재미있게 성대한 공진회의 여흥을 돕고자 붓을 들어 기록하니, 이때는 대정 4년 추팔월이라.

이 책을 보는 사람에게 주는 글

    사람들은 울지 말지어다, 슬픈 후에는 기꺼움이 있느니라. 사람들은 웃지 말지어다, 기꺼운 후에는 슬픔이 생기느니라. 기꺼운 일을 보고 웃으며 슬픈 일을 보고 우는 것은 인정의 상태라 하지마는 사람의 국량(局量)은 좁으니라, 넓은 체하지 말지어다. 사람의 지식은 적으니라, 많은 체하지 말지어다.

    하늘은 크고 큰 공중이라 누가 그 넓음을 측량하리오. 지구에서 태양을 가려면 몇 백만 리가 되는데, 태양에서 또 저편 별까지 가려면 몇 억 백만 리가 되고, 그 별에서 또 저편 별까지 가려면 몇 억 천만 리가 되어, 이렇게 한량없이 갈수록 마치는 곳이 없으니 그 넓음이 얼마나 되느뇨. 세상은 가늘고 가는 이치 속이라, 누가 능히 그 아득함을 발명하리요.

　사람마다 생각하라. 우리 할아버지가 우리 아버지를 낳으셨으며 아버지가 나를 낳으셨으니, 할아버지가 할머니와 혼인이 되었으므로 아버지를 낳으셨으나 그때 만일 할머니와 혼인이 아니 되고 다른 부인과 혼인이 되었으면 그래도 우리 아버지를 낳으시고 또 내가 생겨났을는지. 또 아버지가 어머니와 혼인이 되었으므로 나를 낳으셨으나 그때 만일 다른 부인과 혼인이 되었다면 그래도 내가 이 모양으로 이 세상에 생겨났을는지.

　이것으로 말미암아 증조부, 고조부, 5대조, 6대조, 시조까지 올라가며 여러 십 대, 여러 백 대 중에서 어느 대에서든지 한 번만 혼인이 빗되었으면 오늘 이 모양의 나는 이 세상에 생기게 되었을는지 알지 못할지니, 세상 사람이 생겨난 것부터 이렇게 요행이요, 우연한 인연이라. 그 아득함이 어떠한가.

하늘은 큰 공중이라 넓고 넓어 한량이 없고 세상은 가늘고 가는 이치 속이라 아득하고 아득하여 알지 못할지니, 사람의 국량이 아무리 넓을지라도 공중에 비할 수 없고 사람의 지식이 아무리 많을지라도 조화주는 따르지 못할지라.

그러나 사람은 일정한 국량이 있고 보통의 지식이 있는 고로 기뻐하며, 노여워하며, 슬퍼하며, 즐거하며, 사랑하며, 미워하며, 욕심내며 겁내는 인정이 있으니, 사람은 이 여덟 가지 정이 있는 고로 사람은 아무리 하여도 사람에 벗어나지 못하고, 국량은 아무리 하여도 그 국량이요, 지식은 아무리 하여도 그 지식이라.

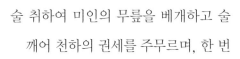

술 취하여 미인의 무릎을 베개하고 술 깨어 천하의 권세를 주무르며, 한 번 호령하면 천지가 진동하고 한 번 나서면 만민이 경외하는 고

금의 영웅들이 장하고 크다마는 역시 한때 장난에 지나지 못하고, 물리를 연구하여 화륜선, 화륜차, 전보, 비행기 등속을 발명하여 예전에 없던 일을 지금 있게 하는 이학박사여, 용하고 가상하다마는 세상 이치의 일부분을 깨달음에 지나지 아니하도다. 영웅의 끼친 역사(歷史)는 슬픔과 기꺼움의 종자요, 박사의 발명한 물건은 욕심과 희망의 자취라. 그러한즉 사람은 욕심과 희망으로 살고 슬픔과 기꺼움으로 소견하는 것인가.

사람이 아들 낳기를 바라다가 아들을 낳으면 기꺼워하고 그 아들이 죽으면 슬퍼하리니 아들 낳기를 바라는 것은 욕심이며 희망이요, 낳을 때에 기꺼워하고 죽을 때에 슬퍼함은 사람이 세상에 살아가는 역사를 지음이요, 사람이 부자 되기를 원하다가 재물을 얻으

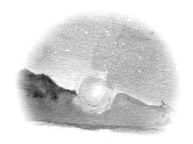

면 기꺼워하고 그 재물을 잃으면 슬퍼하리니 부자 되기를 원함은 욕심이며 희망이요, 얻을 때에 기꺼워하고 잃을 때에 슬퍼함은 또한 사람이 세상에 살아가는 역사를 만듦이라.

크고 넓은 천지에서 내가 지금 다른 곳에 있지 아니하고 이곳에 있으며, 가늘고 아득한 이치 속에서 내가 이왕에 나지도 아니하고 장래에 나지도 아니하고 불선불후 꼭 지금 이때에 나서 입을 열어 기껍게 대소할 때도 있고, 주먹을 두드려 슬프게 통곡할 때도 있고, 지금은 먹을 갈고 붓을 들어 눈으로 보이는 세상 사람의 슬퍼하고 기꺼워하는 여러 가지 형편을 재료로 삼아 이 책을 기록하니, 이것은 슬픈 중에 기꺼움을 얻고 기꺼운 중에 슬픔을 알아 한때를 소견하려 하는 나의 욕심이며 희망이니 이 책 보는 여러 군자는 나와 인연이 있도다.

여러 군자가 이 책을 볼 때에 기꺼워할는지 슬퍼할는지 나는 알 수 없으나 여러 군자의 슬퍼함이 있고 기꺼워함이 있으면 또한 여러 군자가 세상에 지나가는 역사를 지음인즉, 크고 넓은 천지와 가늘고 아득한 이치 속에서 여러 군자와 나 사이에 한 가지 심령이 교통함을 깨달으리로다.

기생

문명이니 개화니 발달이니 진보니 하는 여러 가지 말이 지금 세상에 행용(行用, 두루 씀)들 하는 의례건의 말이라. 조선도 여러 해 동안을 문명 진보에 열심 주의하여 모든 사물의 발달되어 가는 품이 날마다 다르고 달마다 다르도다. 이번 공진회를 구경한 사람은 누구든지 조선의 문명 진보가 5, 6년 전에 비교하면 대단히 발달되었다고 할 터이라.

그러나 외국의 문명을 수입하여 내지의 문명을 발달케 하는 때는 제일 먼저 들어오는 것은 사치라 하는 풍속이라. 교화의 아름다운 풍속은 별로 들어오지 아니하고 사치하는 풍속은 속히 들어오니, 외국 사람은 상등 사람이라야 파나마 모자를 쓰는 것인데 조선 사람은 하등 연소한 사람도 그것만 따르고자 하고, 외국 사람은 하이칼라를 즐겨하지 아니하는 경향이 있건마는 조선 사람은 도리어 하이칼라를 부러워하는 모양이라.

이것은 무슨 연고인가 하면 역시 세상의 풍조를 따라 남보다 신선한 풍채를 내고 싶은 마음이 생기는 까닭이요, 남보다 신선한 풍채를 내고 싶은 까닭은 오입쟁이 풍류랑을 좋아하는 마음이 있는 까닭에서 생겨나는 법이라.

사나이가 고운 의복에 말쑥하게 차리고 버선등이나 맵시를 내고 다니는 것은 점잖은 사회 교제에 자기위의(自己威儀)를 보전하려는 마음이 아니라 기생이나 다른 계집들에게 곱게 보이기를 위하는 마음이 있음이요, 여자가 자기 지위에 상당치 아니한 사치를 하는 것도 남의 눈에 예쁘게 보이기를

바라서 그리함인즉, 사치의 풍속은 사회 이면에 말할
수 없는 이상한 관계로 인연하여 생기는 것이라.

그중에도 기생이라 하는 무리가 있어서 직접 간접
으로 사치의 풍속을 조장하는 일대 기관이 되었도다.
기생도 여러 종류가 있어서 예전에는 약방기생(의녀)
이니 상방기생(침선)이니 하더니 지금은 무부기, 유
부기, 삼패, 색주가, 밀매음, 은근짜 등 여러 무리의
계집들이 있어서 한번 화용월태를 세상에 자랑하면
부랑 남자는 말할 것 없고 남의 집 청년 자제들이 놀
아나기를 시작하여 여러 대 내려오던 세전 기업을 일
조에 탕패하는 일이 많이 있더라.

경상도 진주라 하면 조선 안에 유명
한 도회처요, 진주군에는 두 가지 명산
이 있으니 파리와 기생이라. 파리의 수
효와 기생의 수효를 비교하면 기생 수
효가 파리보다 하나 둘 더하다 하는 말
이 거짓말 같은 참말이라.

닭이 천이면 봉이 한 마리 있다더니

기생이 하도 많으니까 그중에 절대 미인 하나가 있던 것이야. 진주성 안에 한 기생이 있으니 얼굴이 절묘하고 행동이 얌전하여 사람마다 한 번 보면 두 번 보고 싶고, 두 번 보면 꺼안고 싶고, 꺼안으면 집어삼키고 싶을 만치 되었는데, 어느 누가 한 번 보기를 원치 아니하는 자가 없으나 이 기생은 무슨 까닭인지 남자의 소원을 한 번도 들은 일이 없는 고로 진주성 안 청년 남자의 경쟁거리가 되었더라.

이 기생은 다른 기생들과 성질이 다르고 언어, 행동, 모든 범절이 일반 기생계에 일종 특별한 광채를 빛내게 되었는데 이름부터 다른 기생들과 같지 아니하도다. 기생의 이름은 행용 많이 사월이니 산홍이니 매월이니 도홍이니 하는 두 자 이름을 짓건마는 이 기생의 이름은 석 자 이름인고로 또 기생계에 보지 못하던 이름이라.

이름을 향운개라 부르는데 어찌하여 이름을 향운개라 지었느냐고 물은즉, 처음에는 대답하지 아니하더니 부득이하여 향내 나는 입을 열어 말을 하는데,

말소리만 들어도 아리따운 꾀꼬리가 버들가지에서 우는 소리 같도다.

"이름이야 아무렇게 지으면 상관있습니까. 그러나 저는 실상 그러할 수는 없지요마는 마음으로는 춘향 (春香)의 절개와 춘운(春雲)의 재주와 논개(論介)의 충성을 본받기 위하여 춘향이란 향자와 춘운이란 운자와 논개라는 개자를 가지고 향운개라 하였습니다."

이 말을 듣고 생각한즉, 춘향은 남원 기생으로 일부종사하기 위하여 정절을 지키던 춘향전의 주인이요, 춘운은 김춘택 씨가 지은 구운몽이라 하는 책에 있는 가춘운인데 신선도 되었다가 귀신도 되었다가 막판 재주를 부리어 양소유를 농락하던 계집이요, 논개는 진주 기생으로 예전에 어느 나라 장수가 조선을 치러 왔을 때 촉석루에서 놀음을 놀다가 그 장수를 껴안고 강물에 떨어져서 그 적장과 함께 죽은 충심 있는 계집이라. 그러면 이 기생은 내력을 듣지 아니하면 알 수 없으나 절개와 재주와 충심을 겸전한 계집인가.

향운개의 집 이웃집에 강씨 부인이 사는데 이십 전 과부로 다만 유복자 아들 하나가 있어 구차한 살림살이를 근근이 지내는데, 세상을 버리고 싶은 마음이 하루에도 열두 번씩 나지마는 어린 아들을 길러낼 마음으로 그럭저럭 살아오는 터이라.

　그 아들의 이름은 유만이니 향운개보다 나이 두 살이 위가 되는 터이로되, 어려서부터 장난도 같이 하고 음식도 서로 나누어 먹고 자주 서로 오락가락하며 놀다가 향운개는 열한 살이요, 유만이는 열세 살 되었을 때 남녀의 교정을 알지 못하는 두 아이들이 살을 한데 대고 드러누웠다가 아이들 장난으로 남녀 교합하는 흉내를 내었더니, 그 후로는 두 아이의 정의가 더욱 깊으나 다시 놀지 못할 사유가 생겼으니, 강씨 부인이 그 아들 교육하기 위하여 천리원정에 서울로 올라가서 학교에 입학을 하게 하고 강씨 부인은 방물장사를 하면서 그 학비를 대어 주기로 하였는데, 이것도 사소한 까닭이 있어서 강씨 부인으로 하여금 이러한 결심을 하게 함일러라.

그 까닭은 무엇이냐 하면 향운개의 어미는 추월이라 하는 퇴기로 젊어서 기생 노릇할 때 여러 사람의 재산도 많이 없애어 주고 사나이의 등골도 많이 뽑던 솜씨가 아직도 남아 있어서, 그 딸 향운개의 얼굴이 절묘함을 보고 큰 보물덩어리로 생각하여 4, 5년만 지나면 조선 천지의 재산 있는 집 자제들은 모두 후려들일 작정인데, 향운개는 기생 노릇하기를 싫어할 뿐 아니라 유만이를 특별히 정 있게 굴며 상대하는 모양이 다른 아이들과 다른지라.

추월이가 하루는 향운개를 꾀어 가며 말을 물어 유만이와 향운개 사이에 그러한 사정이 있는 줄을 알고 강씨 부인 집에 가서 은근히 포달을 부리며 유만이는 남의 집 아이 사람 못되게 하는 놈이라고 대단 포학을 하는 것이 한 번 두 번이 아니요, 또 강씨 부인은 가세가 빈한하여 추월의 집 의복 빨래와 침선 등을 맡아 해 주고 살아오던 터인데 그 후로는 생명이 끊어진 것 같은지라.

강씨 부인이 살아갈 생각도 하고 유만이 교육 시킬 생각도 하다가 추월에게 그러한 불법의 창피한 꼴을 당하고, 분김에 살림을 헤치고 유만이를 앞세우고 서울로 올라와서 방물장사도 하며 남의 집 드난도 하여 목숨을 보전하는 동시에, 유만이는 고등학교에 입학하게 하고 돈푼이나 생기는 대로 학비를 대어 주되 조금도 게으른 기색이 없더라.

세월이 흐르는 물결같이 달아나는 서슬에 향운개의 연광이 십오 세에 이르고, 세상 물정은 문명 개화의 풍조를 따라 사치하는 풍속이 날마다 늘어 가매 사람마다 비단옷이 아니면 입지 아니하건마는, 진주 성 중에 사는 김 부자는 위인이 검소하기로 짝이 없어 수백만 원 재산을 가지고도 비단옷은 단 한 번도 몸에 대 보지 못하였더라.

김 부자는 여러 대를 내려오는 부자로되 자손은 그

리 대대로 귀하든지 일가친척 하나 없고 자기 집에는 자기와 모친과 부인과 두 살 먹은 딸 하나뿐이요, 아들이 없이 삼십 세나 되었는 고로 모친과 부인이 항상 첩이라도 치가하여 자손을 보라고 권고하는 터이로되, 김 부자는 위인이 재산을 아끼기 위할 뿐만 아니라 평생에 옷 잘 입고 음식 사치하고 첩 두고 호강하는 것은 남자의 숭상할 것이 아닌즉, 자손 없는 것은 한탄할 바이로되 첩 두는 것은 패가의 근본이라 하여 친구 상종도 별로 많지 아니하거니와 기생이나 남의 계집은 별로 구경하지 못하였더니, 하루는 심심함을 견디지 못하여 촉석루에서 논개의 제사를 지내는데 대단히 야단법석이라는 말을 듣고 구경을 갔더라.

이 위에 말하였거니와 논개는 예전 기생으로 충심이 갸륵하다 하여 1년에 한 번씩 촉석루에서 남강 물을 향하여 제사를 지내는데, 이 제사는 진주 기생이 모두 모여 설비도 장하거니와 사람도 많이 모여들어 대단 굉장하도다. 그중에 향운개는 원래 논개의 충심

을 사모하는 터이라 자기 집 제사는 궐할지언정 어찌 논개의 제사야 참례치 아니하리오. 수백 명 기생이며 수만 명 구경꾼이 모였는데 기생마다 사람마다 제 집에 있는 대로 궁사극치(窮奢極侈:사치가 극도에 달함)하여 의복도 잘들 입었거니와 맵시도 이상야릇하게 잘들 내었도다.

구경하는 모든 사나이들이 이렇게 궁사극치의 고운 모양을 내는 연고는 사람마다 필연코 수백 명 기생에게 어여삐 보이고자 하는 마음이 있는 까닭이 아닌가.

그중에도 보잘것없이 무명 의복에 아무 모양도 내지 아니한 사람은 김 부자라. 김 부자는 여러 사람의 호화한 기상과 찬란한 모양을 보고 혼자 마음으로 한탄하여 말하기를,

"세상이 이렇게 사치가 늘어 가다가는 나중에는 어

찌 되려는고. 진주 같은 지방 풍속이 이러할 제야 서
울 같은 번화한 곳이야 오죽할꼬. 참 한심한 일이로
고."

모든 것을 비관적으로만 생각하고 이리저리 구경
할 새, 어여쁘고 고운 기생을 보아도 심상하게 여기
더니 한곳에 이른즉 어떠한 기생 하나가 다른 기생과
마주 서서 이야기하는 것을 보았도다.

모든 것을 심상히 보고 다니던 김 부자가 그 기생
을 보더니 우두커니 서서 한참 동안을 정신없이 바라
볼 때에 무슨 까닭인지 가슴이 울렁울렁하고 자기 몸
뚱이가 그 기생에게로 부썩부썩 가까이 가는 듯하도
다. 다른 이에게 수상스레 보일까 두려워하여 고개를
돌이키고 다른 것을 보는 체하여도 눈은 자연히 그
기생에게로 가는지라.

그리할 때 마침 아는 사람 하나가 앞으로 오거늘,
김 부자가 그 사람과 두어 말 수작한 후에 저편에 있
는 기생의 이름을 물어보아 향운개라 하는 당년 십오
세의 유명한 기생인 줄도 알았으며, 가무음률 서화의

모든 재주가 당시에 제일인 줄도 들었더라.

  그날 밤에 자기 집으로 돌아와서 잠을 이루려 한즉
향운개의 형용이 눈앞에 왕래하여 가슴만 뚝딱거리
고 잠은 조금도 이룰 수 없는지라, 드러누웠다가 일
어앉았다가 일어서서 거닐다가 도로 드러누워 무슨
생각도 하다가 도로 일어앉아서 담배도 피우다가 다
타지 아니한 담배를 재떨이에 탁탁 털고 도로 드러누

워 혼자 마음으로,

'내가 이것이 무슨 일인가, 망측하여라. 마음이 튼튼치 못하여 이러하지. 다시는 생각지 아니하리다.'

하되 자연히 생각은 도로 향운개에게로 간다.

김 부자가 여러 시간을 혼자 공연히 번뇌하다가 나중에는 벌떡 일어나서 의관을 정제하고 대문을 나서서 사고무인 적적한 밤에 이 골목 저 골목 돌아다니다가 향운개의 문을 두드리니, 맞아들이는 사람은 향운개의 어미 추월이라.

추월이는 김 부자의 얼굴도 자세히 알고 그 성질도 또한 짐작이나 하는 터인데 아닌 밤중에 자기 집을 찾아온 것을 이상스럽게 생각하건마는 부자에게 아첨하는 것은 세상 사람의 보통 형편이라.

추월이는 더욱 김 부자가 자기 집 대문 안에 발 한번 들여놓는 것만 하여도 얼마쯤 영광으로 생각하는 터인 고로 우선 반가이 김 부자를 맞아들이며 한편으로 담배를 권한다, 주안을 차린다, 들어왔다 나갔다 얼렁얼렁하며 분주불가한 중에도 김 부자가 어찌하여 우리 집에를 이 밤중에 찾아왔을까 하는 의심이 가슴속에 풀리지 아니하여 솜씨 좋은 수작을 난만히 벌여 놓으며 한편으로 눈치를 보고 한편으로 말귀를 살피는데, 김 부자가 주저주저한 모양이 저절로 나타나지마는 역시 옹졸한 사나이는 아니라 이런 말 저런 말로 추월의 말을 따라 한참을 늘어놓다가,

"향운개는 어디 갔느냐. 지금 데려오너라."

한즉 추월이는 굿 들은 무당 같아서 속마음으로, '인제 제 — 밀, 수가 나나 보다.' 하고 시급히 사람을 보내어 촉석루 논개제에서 아직 돌아오지 아니한 향운개를 불러왔더라.

김 부자는 향운개를 앞에 앉히고 술잔이나 마시며 행용하는 수작으로 한참 동안을 노닐다가 취흥이 도도한 중에 아무리 하여도 그저 갈 수는 없는지라 향운개를 대하여,

"오늘 밤에 좋은 인연을 맺고 내일부터는 기생 영업을 그만두고 나와 백년가약을 맺자."

하였으니 향운개는 당초에 듣지 아니하려 하여 처음에는 좋은 말로 김 부자의 소청을 거절하다가 나중에는 불쾌한 말로 김 부자의 얼굴을 붉게 하기까지 이르렀더라.

김 부자가 할 수 없이 그날 밤에는 향운개의 집을 사례하고 자기 집으로 돌아와 사랑방에서 혼자 잠을 자면서 향운개와 놀던 꿈만 꾸었도다. 김 부자는 향운개와 인연을 맺지 못한 것만 한탄하고 한편으로 분한 마음을 금할 수 없으나 향운개를 어여쁘게 생각하는 사랑 마귀는 김 부자의 가슴속을 떠나지 아니하더라.

그 이튿날 김 부자의 집에는 양반 상하 없이 괴상스럽게 생각하는 별안간 생긴 일이 있으니, 다름 아니라 김 부자가 수천 원 돈을 들여 시체(時體:그 시대의 풍습과 유행) 비단을 필로 끊어다가 의복을 지으라 재촉이 성화 같고 금반지, 보석 반지, 금테 안경, 금시계, 파나마 모자, 단장, 맵시 있는 마른 신까지 꾸역꾸역 사들이는 것이라. 평생에 검소하기로 짝이

없고 세상 사람의 사치하는 풍속을 꾸짖고 비평하던 김 부자가 이렇게 의복을 장만하고 사치품을 사들이는 것은 아무라도 괴상히 생각할 수밖에 없도다.

김 부자가 이렇게 호사를 찬란히 하고 어디를 가느냐 하면 첫 출입이 향운개의 집이라. 김 부자가 향운개를 생각하는 품이 이 도령이 춘향이를 생각하는 것보다 더하면 더하였지 조금도 덜하지 아니한데, 향운개와 인연을 맺고자 하다가 뜻을 이루지 못한 후로는 혼자 생각하기를,

'내가 얼굴이 남만 못한가, 돈이 없는가, 어찌하여 제가 일개 기생으로 나의 말을 듣지 아니하누. 아마도 내가 의복이 추솔하여 고운 모양이 없으므로 제 눈에 들지 아니하여 그러한가.'

하고 아무쪼록 향운개의 눈에 들기 위하여 의복범절을 찬란히 하고 향운개의 집을 자주자주 찾아다니게 되었더라.

말을 하여도 충채 수작을 배워 가며, 재담은 듣는

대로 기억해 두고 말솜씨를 이상야릇하게 지어서 한다. 혼자 다니는 것은 심심도 할 뿐 아니라 자기 혼자 수단으로 능히 향운개의 마음을 돌리기 어려울까 하여 기생 좌석에 익달한 친구 두어 사람을 데리고 다니는데, 이 사람들은 모양도 썩 하이칼라요, 수작도 잘하고 노래도 잘하고 음률도 반짐작이나 하는 위인들이니 기생집이라면 자기 집 안방으로 알고 기생을 마음대로 농락하는 사람들이라.

하루 다니고 이틀 다니고 그럭저럭 수십 일이 넘었으되 향운개의 마음은 조금도 김 부자에게 따르지 아니하는 고로, 김 부자는 할 수 있는 대로 수단을 부리며 돈을 들이며 향운개를 집어삼키려 하고, 함께 다니는 여러 사람들도 김 부자를 위하여 향운개의 마음을 돌리려고 제갈량 같은 모든 기기묘묘한 계략을 다 부리는 터이라.

향운개의 집에서는 그 어미 추월이가 향운개를 시시로 때리며 어르며 혹간 달래기도 하여 향운개로 하여금 김 부자의 소청을 들어 김 부자의 재산으로 호

강을 하려 하니 향운개는 사면수적이요, 고성낙일의
비참한 지경에 빠졌는데 향운개는 일개 섬섬한 약질
이요, 한 사람도 도와줄 사람은 없고 대적은 모두 위
의당당한 출출명장이라…….

　이 책을 기록하는 이 사람은 향운개를 위하여 불쌍
한 눈물을 뿌리노니, 향운개여, 네가 어찌하여 이 지
경을 당하느냐, 네가 장차 어떻게 하려느냐, 향운개
여…….

　향운개는 지금 겨우 십오 세의 어린 기생이로되 숙
성하기는 십칠팔 세나 되어 보이는 고로 향운개의 어
미 추월이는 어서 하루바삐 부자들 많이 상관케 하여
재물을 뺏어 먹을 작정인데 향운개는 일향 청종치 아
니하고, 어미 추월이가 꼬이고 달래며 김 부자와 상
관하라 하면 향운개는 온순한 태도로 공손히 말하되,

　"내가 불행히 기생의 몸이 되었을지라도 절개는 지

킬 수밖에 없으니, 계집 사람이 일부종사 못하고 이 사람 저 사람 뭇 사람을 상관하면 짐승이나 다른 것이 무엇 있사오리까. 짐승 중에도 원앙새나 제비 같은 것은 그렇지 아니하니 사람이 되어 미물만 못하오리까. 나는 어려서 유만이와 상종이 있었으니 유만이는 나의 남편인즉, 유만이를 만나기 전에는 결코 다른 사람과 추한 관계를 맺지 아니하겠사오이다.

또 지금 법률에는 기생이라 하는 것이 재주를 팔아먹으라는 것이지 매음하라는 것은 아니온즉, 여간 재산을 욕심하여 법률을 위범하는 것은 국민의 도리가 아니오이다. 어찌 사람이 법률을 범하고 행실을 부정히 하여 금수만 못하게 된단 말씀이오니까. 기생 노릇을 하더라도 정당하게 할 것이지 뭇 사람들 상관하여 매음을 하는 것은 기생이 아니라 짐승이올시다. 나는 죽어도 어머니 말씀을 청종할 수 없어요."

향운개의 어미 추월이가 이 말을 듣더니 하도 기가

막히고 분하여 열 길 스무 길 반자가 뚫어지도록 날뛴다.

"잘났다, 잘났다. 우리 집안에 정절부인 났구나. 이년, 정절이 다 무엇 말라죽은 것이냐. 정절, 정절. 이년, 네 어미는 뭇 서방질을 하여 너를 낳았으니 네 어미도 기생 노릇을 아니 하고 짐승 노릇을 하였다는 말이로구나.

이년, 유만이 하고 상관이 있었다고. 계집아이 년이 남부끄럽지도 아니하여 그런 말을 하느냐. 여남은 살 먹은 어린것들이 철모르고 장난친 것이지 상관이 다 무엇이냐. 이년아, 네 두 살 먹어 같이 잤어도 서방이라고 정절을 지킬 터이냐. 네가 나이 어려서 철을 몰라도 분수가 있지, 유만이 그까짓 가난뱅이 빌어먹는 놈이 네 서방이란 말이냐. 요년, 굶어 죽기는 똑 알맞다.

이년, 네가 아무리 하여 보아라. 내 솜씨에 내 말 아니 듣고 견디어 내나. 요년 법률은 어디서 그렇게 똑똑히 배웠느냐. 이년, 법률을 그렇게 자세히 아니

변호사가 되겠구나. 이년아, 변호사는 목구멍을 팔아 먹고 기생은 그 구멍을 팔아먹는다는 말을 듣지도 못 하였느냐."

입으로는 소리를 지르고 손으로는 방망이를 가지 고 사정없이 때리며 금방 향운개를 죽일 것같이 날뛰 는데, 향운개는 조금도 원망하는 기색도 없고 두려워 하는 기색도 없고, 다만 죽으면 죽었지 그러한 행위 는 아니할 터이야 하는 기색이 자연히 그 얼굴에 나 타나더라.

추월이는 날마다 날마다 하루에도 열두 번씩 향운 개를 들볶는데 향운개는 혼자 생각하기를,

'내가 아무리 철모르고 어려서 유만이와 그리하였 을지라도 그것은 잊히지 아니하니 다른 남편은 세상 없어도 얻지 아니하리라.'

하고 어미가 야단을 칠수록 향운개의 결심은 더욱 단단해지는지라.

김 부자의 마음은 더욱 간절하고 어미의 욕심은 더 욱 불 같아서 향운개를 에워싸고 만반 수단을 다 부

리고 일천 가지 꾀를 다 써 보아도 향운개의 마음은 항복 받지 못하였는지라. 김 부자는 추월이와 여러 사람들과 의논을 정하고 이제는 할 수 없이 배성일전에 단병접전으로 돌관 할 방침을 작정하였더라.

하루는 어미 추월이가 향운개를 대하여 말하기를,

"너는 그전부터 기생 노릇하기를 싫어하기에 오늘부터는 기생 영업을 폐지하게 되었으니 그리 알아라. 경찰서에 기생 영업 폐지 신고도 다 하여 놓았고 기생 조합에 이름도 뺐다."

향운개는 벌써 추월의 눈치도 짐작하였으며 김 부자의 음흉한 계략인 줄도 심량(深量:깊이 헤아림)하였더라.

하루는 낯모르는 사람 수삼 명이 향운개의 집을 찾아와서 술도 먹고 노닥거리더니 그중에 한 사람이 저들끼리 하는 말이,

"내가 서울 갔다가 작일에 내려왔는데 서울서 불쌍한 일을 보았거니."

또 한 사람이 무슨 일이냐 물은즉,

"유만이라는 진주 학생이 학교의 공부도 잘하고 사람도 착실하여 사람마다 칭찬이 대단하더니, 그 아이가 일전에 괴질 같은 급병으로 죽었는데 유만이의 어미가 울고 돌아다니는 꼴은 참 불쌍하기가 이를 데 없어……."

저희들끼리 서로 주거니 받거니 하는 이야기로되 자연 향운개의 귀에도 들릴 만치 하는 말이라.

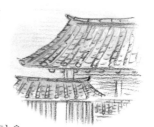

그 후 수십 일이 지난 후에 향운개는 김 부자의 집으로 들어가게 되었는데, 이것은 향운개의 마음이 아니라 김 부자와 향운개의 어미 추월이와 언약을 정하고, 경찰서에 대하여 향운개는 첩으로 들어가는 입가 신고를 하여 놓고 부지불각에 향운개를 김 부자의 집으로 데려갔더라.

향운개는 아무 말 없이 김 부자의 집에서 거처하게 되었는데, 향운개는 김 부자더러 말하기를,

"나는 유만이를 남편으로 알았더니 유만이가 죽었다 하온즉 석 달만 유만의 복을 입을 터이니 그동안만 참아 주시면 그 후는 영감의 말씀대로 하오리다."

하니 김 부자는 향운개의 소청을 의지하여 아직 몇 달은 향운개와 동침하지 아니하기로 되었는지라. 김 부자의 집에서는 노소남녀 없이 향운개를 수직하기를 감옥에 갇힌 죄인 간수하는 것과 일반이라.

김 부자 집의 침모로 있는 김씨라 하는 젊은 부인이 있는데 당년 이십오 세의 청춘과부라. 얼굴이 어여쁘지는 아니하나 위인은 단정하고 침선범절이 능란한 계집이라, 자연 향운개가 침모더러 수작을 한다.

(향) "침모는 청춘에 과부가 되었으나 개가하지 아니하고 정절을 지키니 참 장한 일이오."

(침) "나는 남편을 얻고 싶었지마는 마음에 맞는 사나이를 아직 만나지 못하였어."

(향) "그러면 이 집 주인 영감의 별당 마마가 되었으면 어떠하겠소."

(침) "그렇지 아니하여도 내가 이 댁에 침모로 들어
온 것은 당초에 이 댁 노마나님이 주인 영감의 첩을
삼아 자손을 보려고 데려온 것인데, 주인 영감이 첩
은 당초에 아니 둔다고 떼치는 까닭으로 첩이 되지
못하고 침모가 되었어요."

(향) "그러면 내 말대로만 꼭 하면 주인 영감의 별
실 마마가 될 터이니 그리하여 보겠소?"

(침) "어떻게 하라는 말씀이오."

향운개가 침모의 귀에다 입을 대고 무슨 말을 한참
수군수군하더니 침모는 고개를 끄덕끄덕하며 하는 말
이,

(침) "그런 일은 잘할 사람이 하나 있으니 염려 마
시오."

그해는 그럭저럭 다 넘어가고 그 이듬해 2월이 되었는데, 김 부자는 하루바삐 향운개의 향기 나는 이불을 함께 덮고 잠을 자고 싶어서 부등부등 애를 쓰건마는 향운개의 마음을 사기 위하여 향운개의 소청대로 지금까지 참아 오던 터이라.

소청한 기한도 얼마 멀지 아니하였는데 그달 초파일은 김 부자의 부친 제삿날이라. 부잣집 제사라 굉장히 제사를 성설하는데 집안사람은 모두 제사 차리기에 분주하건마는, 향운개는 수일 전부터 병이 나서 제사 차리는데 조금도 내다보지 아니하고 별당에 드러누워 한숨만 쉬고 있다.

김 부자가 제사를 다 지내고 제물을 철상하려 하는 즈음에 어떤 사람이 바깥으로부터 안마당에 썩 들어서며 김 부자를 청하여, 제물을 철상하기 전에 급히 할 말씀이 있다 하거늘, 김 부자가 내려다본즉 풍신 좋은 백발노인이라. 의복은 이슬 밭에 쏘다니던 사람같이 휘지르고 손바닥에는 생률 친 밤 한 개와 잣 박은 대추 한 개를 가졌더라.

김 부자가 괴상한 늙은이라 생각하고 묻는 말이,

"누구이시며 무슨 일로 오셨소."

그 노인이 김 부자더러 잠깐 이리 내려오라 하여 자세히 말을 하는데,

"내가 지금 남강 가에서 오늘 제사 잡수시는 댁 부친의 혼령을 만났소. 댁 부친의 혼령이 나를 보고 하는 말이, '우리 집이 여러 대를 내려오던 부자인데 아들 대에 와서 부자가 결딴나고 집안에 큰 화란이 장차 이르겠으니 내가 오늘 제사라도 잘 먹지 못하고, 그 앙화를 면하게 해 주고 싶지마는 유명이 달라 말할 수가 없으니 당신이 가서 내 아들을 보고 말씀하여 주시오. 가서 말을 하더라도 내 아들이 믿지 아니하기 쉬우니 이것을 가지고 가서 증거를 삼으시오……' 하고 이 밤 한 개와 대추 한 개를 내 손에다 얹어 주신 것이니 우선 이 밤, 대추를 가지고 제상에 진설한 제물을 살펴보시오. 부탁하신 말씀과 전후 사정은 추후로 알게 하리다."

김 부자가 그 노인이 주는 밤과 대추를 가지고 제

상 앞으로 올라가서 밤 접시와 대추 접시를 살펴본즉 과연 중간에 한 개씩 빼낸 자리가 있고 밤, 대추가 다른 밤, 대추도 아니요, 정녕히 그 접시에서 빼낸 밤, 대추라. 빼낸 구멍으로 들여다본즉 밤, 대추 괴느라고 동그랗게 베어서 켜켜이 깔아 놓은 백지 종이에 무슨 글씨가 있는 듯하거늘, 밤 접시를 내려다가 밤을 쏟고 그 종이를 들고 본즉 글이 있는데,

'김가 성을 취하여 아들을 낳으면 대대 영광이 문호를 빛내리라.'

또 대추 접시를 내려다가 대추를 쏟고 종이를 본즉 거기도 글이 있는데,

'향운개는 전생에 너와 동복이니 취하면 앙화 있으리라.'

김 부자는 사물에 자상한 사람이라 글씨를 자세히 살펴본즉 먹으로 쓴 것도 아니요, 붓으로 쓴 것도 아니요, 글자 체격도 이상하여 아무리 보아도 세상 사람의 글씨는 아닌 듯하다. 돌아서서 그 노인

을 찾으니 그 노인은 벌써 간 곳이 없고 그 노인이 섰던 자리에는 자기 부친이 생전에 쓰던 벼룻돌이 있는데 먹을 간 형적이 마르지 아니하였더라.

김 부자는 원래 효성이 지극한 사람이라 부친 생전에 한 번도 그 부친의 명령을 어긴 일이 없다고 자랑하던 터인데, 이번에 이러한 희한한 일을 당하여 어찌 믿지 아니하리오. 당장에 별당으로 가서 향운개를 보고 이왕에 잘못한 일을 사과하는 동시에 남매지의를 맺고, 이튿날 즉시 경찰서에 가서 신고서를 빼고 수일 후에 향운개의 권고를 의지하여 침모를 김 부자의 별실로 정하게 되었으니, 이것은 향운개가 침모 김씨의 영리한 행동과 주인의 별실 되기를 원하는 마음이 있는 것을 인하여 전후사를 꾸미고 자기 몸을 빼어 감이더라.

향운개는 호랑이의 아가리를 벗어났으나 이다음에 다시 다른 호랑이 아가리에 또 들어갈는지 알지 못하는 근심이 있는 고로, 마음을 결정하고 멀리 일본 동경으로 건너가서 고생도 무수히 하다가 반연을 얻어 적십자사 병원(赤十字社病院)의 간호부가 되었더라.

때는 마침 구라파(유럽)에 큰 전쟁이 일어나며 덕국(독일)과 오국(오스트리아) 두 나라가 영국, 법국(프랑스), 아라사(러시아)에 대하여 선전을 포고하고 싸움을 시작하니, 일본은 영국과 동맹지국이라. 일본도 역시 전쟁에 참여하여 덕국과 싸우게 되었는데, 일본의 막막강병이 청도를 에워싸고 덕국 군사와 죽기를 결단할 때, 부상한 군사와 병든 군사를 구호하기 위하여 적십자사 병원이 청도공위군(靑島攻圍軍) 있는 땅에 실시되며 간호부도 많이 가게 되었는데, 향운개도 역시 자원하여 전지에 향하였도다.

강씨 부인이 그 아들 유만이를 교육하기 위하여 비상한 곤란을 무릅쓰고 천하고 힘든 일을 모두 하여 가며 학비를 대어 준 공덕이 적지 아니하여 학교를 우등으로 졸업하였으나, 그 학교 졸업하기 전에 강씨 부인이 병이 들어 수삭을 꼼짝 못하는 동안에 학비를

댈 수가 없는 고로, 학교 교장이 그 사정을 짐작하고 또 유만의 위인이 똑똑하고 근실함을 가상히 여기던 터에 유만이 졸업 기한도 얼마 남지 아니하였으므로 학교에 드는 비용은 자기가 대 주기로 하고 식사와 의복은 교장의 친구 이등대좌에게 의탁하게 되었는데, 이등대좌가 유만이를 자기 집에 두고 지내 본즉 마음에 대단히 합당하여 학교를 졸업한 뒤에 동경으로 보내 공부를 시킬 작정이었으나 유만이가 혼자 사는 모친을 멀리 떠나지 못하겠다는 사정을 인연하여 졸업한 뒤에도 아직 자기 집에 두었더니, 유만이가 낮에는 이등대좌의 집에 있어 심부름도 근실히 하고 집안일도 보살펴 주며 밤이면 야학을 근실히 하여 청국말을 배웠더라.

그 후에 이등대좌는 동경 참모본부로 이적이 되었다가 청도공위군의 사령관이 되었는데, 유만이가 청국말을 능란히 하게 됨을 생각하고 불러들여 통변으로 데리고 함께 전지로 가서, 유만이는 항상 사령부 안에 있어서 청국 사람과 관계되는 일에 대하여는 혼자 통변하는 노무를 가지게 되었더라.

그때 향운개는 적십자사 병원에서 모든 간호부보다 출중하게 간호 사무를 보는데 이왕 4, 5년 동안을 동경에서 있었던 고로 언어, 행동이 조금도 내지 여자와 다름이 없고 이름조차 내지인의 성명과 같이 부르게 되었으니 글자로 쓰면 '향운개자(香雲介子)'라 쓰고 다른 사람들이 부르기는 가구모상, 혹은 오스께상이라 부르더라.

수만 명 군대 중에 향운개자의 이름이 사람의 입으로 오르내리니 첫째는 얼굴이 절묘하여 절대 미인이라 하는 말이요, 둘째는 향운개자가 사무에 능란하고 기운차게 일을 잘하며 부상한 병정을 간호하는 데 제일 친절하다는 말이라. 병든 군사가 한 번만 향운개자의 간호를 받으면 병이 곧 나은 듯하고, 총 맞은 상처에도 향운개자의 손을 대면 아프지 아니한 듯하므로 향운개자의 손으로 여러 천 명 군사를 살려낸 터이라.

청도 함락은 금일 명일 하는데 덕국 군사는 독 안에 든 쥐와 같이 철통같이 에워싸인 중에도 대포를 놓는다, 총을 놓는다, 비행기를 타고 공중에 올라가서 폭발탄을 던진다 하여 마음 놓을 수는 없는 터이라.

하루는 밤중에 별안간 벽력 소리가 나면서 사령부 근처에 폭발탄이 떨어져 여러 사람이 중상하렸다 하더니 상한 사람을 병원으로 메어 온다. 메어 온 사람 중에 조선 사람 하나가 있으니 성은 최가요, 이름은 유만이라.

향운개자는 분주불가하여 정신없이 돌아다니며 치료에 종사하다가 조선 사람이라 하는 말을 듣고 더욱 반가워서 정성껏 간호하다가 성명 쓴 종이를 본즉 최유만이라 하였거늘, 얼굴빛이 파래지며 일신이 떨리고 정신이 아득하여 그 자리에 엎드러졌다.

최유만이는 죽었는지 살았는지 기색(氣塞, 정신적, 육체적 충격으로 인해 기가 막히는 병)하여 아직 깨어나지 못한 사람이

라. 향운개자는 한참 지난 후에 정신을 차려 일어나 최유만의 얼굴을 들여다본즉 이별한 후 근 십년이 되었던 고로 진가를 알 수 없으나 비슷하다 하는 관념은 가슴속에 품어 있어 극진 정성으로 간호하더라.

공진회 구경 마당에서 외따로 떨어진 나무 그늘 밑에 다수한 사람들이 모여 서서,

"참 반갑구나, 이 문둥아. 그동안 어디 갔던고."

하고 떠드는 사람들은 진주에서 올라온 늙은 기생, 젊은 기생들이요, 그 인사를 받는 사람은 향운개와 강씨 부인과 최유만이라.

인력거군

해는 거의 서산에 넘어가고 겨울바람은 냉랭하여
남의 집 행랑채에 세로 들어 하루 벌어 하루 먹는 노
동자의 여편네가 쌀은 없고 나무 없어 구구한 살림살
이 애만 부등부등 쓰는 이때에, 새문 밖 냉동 좁은 골
목 막다른 집 행랑채 한 간 방에 턱을 고이고 수심 중
에 앉아서 혼잣말로 한탄하는 여편네가 있으니.

그 남편은 병문(屛門, 골목 어귀의 길가) 친구들이
부르기를 김 서방이라 하고, 김 서방은 본시 양반의
자식으로 가세가 타락하여 할 수 없이 남의 집 행랑
채를 얻어 들고 병문에 나가서 지게벌이도 하며 남의

심부름도 하여 하루 벌어다가 겨우 연명하는 터인데, 김 서방의 위인이 술을 좋아하여 하루라도 술을 못 먹으면 병이 되는 듯하다.

술만 먹으면 한두 잔은 평생 먹어 본 일이 없고 소불하 (少不下, 적어도) 수십 잔이 나 먹어야 겨우 갈증이나 면 하는 모양이라. 그러하므로 매일  장취 술만 먹고 살림은 돌아보지 아니하는도다.

사나이가 살림을 돌보아주지 아니하면 그 여편네 는 물을 것 없이 고생하는 법이라. 김 서방의 아내는 일구월심 속이 타고 마음이 상하여 하루 몇 번 죽을 마음도 먹어 보았으며 도망하여 다른 서방을 얻어 살 생각도 하여 보았지마는, 오늘 이때까지 있는 것은 그 본심이 상스럽지 아니하고 얼마쯤 장래의 희망을 가지고 있는 터이라.

이날도 김 서방의 아내는 쓸쓸한 방 안에 혼자 앉 아서 배가 고파도 밥 지을 양식이 없고 방이 추워도

불 땔 나무가 없이 바느질만 종일 하다가 이따금 두 손을 입에 대고 호호 불며 발가락을 꼼작꼼작 꼼작이며 한숨만 쉬고 들창에 비치는 햇빛만 바라보더니 혼잣말로,

"애고, 벌써 해가 다 갔네. 저녁밥을 어떻게 하나……. 오늘은 얼마나 술을 자시기에 이때껏 아니 들어오시노……."

이때 문을 박차고 들어오는 사람은 김 서방이라. 날마다 보는 모양이라 대단히 취한 술 냄새와 방문턱을 못 넘어서고 드러눕는 거동을 그 여편네는 별로 이상히도 생각지 아니하고 하는 말이,

"그런데 쌀도 조금 아니 팔아 가지고 들어왔으니 저녁은 어떻게 하라오."

"아, 쌀이 조금도 없나, 응. 나는 밥 생각이 없어."

그 여편네는 아무 말 없이 돌아앉아서 눈물이 그렁그렁. 김 서방의 아내는 얼굴이 동그스름하고 이목이 청수한 중에 과히 어여쁘지는 못하나 성품이 순직하고 태도가 안존하여 아무나 보아도 밉지 아니하다.

스물두 살이나 세 살쯤 되었는데 모양은 조금도 내지 아니하고 생긴 본바탕 대로 있어 어디인지 귀인성스러운 자태가 드러난다.

김 서방은 술기운에 걱정 없이 드러누워 씩 — 씩 — 잠을 자는데 그 아내는 혼자 앉아서 등불만 보고 정신없이 무슨 생각을 하고 이따금 한숨도 쉬며 세상이 귀찮게 생각하는 모양이라.

'제기랄 것, 내버리고 달아나서 좋은 남편 만나 가지고 살아 볼까. 어디 가기로 이렇게야 고생할라구. 아니, 아니, 그렇지도 못하지. 귀밑머리 맞 풀고 만난 남편을 어떻게 내버리고 어디를 가나……. 고생을 하면서도 잘 공경하고 살아가면 자기도 지각이 날 때가 있겠지. 종시 이러하거든 죽어버리지.'

저녁밥도 못 먹고 곤한 몸이 밤 깊도록 앉아서 한숨으로 그 밤을 보내다가 드러누워 잠을 자려 한즉 이런 생각 저런 생각, 눈이 더욱 말똥말똥, 잠커녕 아무것도 아니 온다. 불도 끄지 아니하고 혼자 고생고생할 때에 씩씩거리고 잠을 자던 그 남편이 벌떡 일

어앉으며,

"아이고, 목말라라. 물 좀 주어, 물 좀."

추위가 이를 데 없는 그 밤에 문을 열고 나가서 물을 떠다 주니 꿀떡꿀떡 한 대접 물을 다 먹고 한참 드러누웠더니 하는 말이,

"여보게, 자네 저녁밥 먹었나."

그 아내는 아무 대답도 아니하고 고개를 푹 숙이고 눈물만 그렁그렁하다.

"응, 못 먹은 것이로고. 아, 내가 잘못하였지. 그놈의 술집, 그놈의 술집이 원수야."

이때 그 아내가 무엇을 감동하였는지 정색하고 돌아앉아 그 남편을 보고 하는 말이,

"여보시오. 술집이 무슨 원수요. 당신이 오늘 나와 약조를 합시다. 우리가 일생을 이대로 지낸단 말이오. 평생을 이렇게 가난하게만 고생으로 살 것 같으면 차라리 지금 죽어버립시다. 당신도 사람이요, 나도 사람이지. 아까 집주인이 방 내놓고 어디로 나가라고 사설하던 일과 일수 놓는 오생원이 돈 대라고

구박하던 일과 쌀가게 외상 쌀값 스무 냥 내라고 욕설하던 일을 생각하면 저녁거리가 있은들 밥이 어찌 목구멍으로 넘어간단 말이오. 당신이 내 말을 들으시지 못할 것 같으면 나는 오늘 밤이나 내일 아침에 자결하여 죽겠소."

말을 그치고 앉은 모양이 엄숙하고 무섭도다. 김 서방은 아내의 정당한 말에 할 말이 없어서 일어나 앉아서 팔짱을 끼고 고개를 숙이고 잠잠히 있는데 그 아내가 다시 말하기를,

"우리 집안이 그전에는 그렇지 아니하던 집으로 오늘날은 떨어져서 이 지경이 되었으니 어떻게 하든지 돈을 모아 집을 성가하여 남부럽지 아니하게 살아 보아야 할 것 아니오. 또 삼촌이 잘 살면서 자기 조카를 구박하여 죽이려 하고 나중에는 내쫓은 일을 생각하면 우리가 이를 갈고 천하고 힘든 일이라도 아무쪼록 벌이하여 돈을 모아 분풀이를 하여야 할 것 아니오니까! 그까짓 술 좀

아니 자시면 어떠하오. 내가 무슨 저녁밥을 좀 못 먹어서 분하겠소……."

말을 다 하지 못하여 목이 메어 눈에는 눈물이 핑 돈다. 한참 동안을 두 내외가 아무 말도 없이 앉았더니 김 서방이 천치스럽게 하는 말이,

"자네 말을 들으면 그러한데 아, 술집 앞으로 지나면 술 냄새가 자꾸 나를 잡아당기는 것을 어떻게 하여."

그 아내가 이 말을 듣더니 눈물은 어디 가고 빙긋 웃는다.

"여보, 당신이 집안일을 생각하면 술 냄새가 비상 냄새 같을 것이오. 시아버님이 안주를 과히 잡수시다가 끝에는 술 취하여 깊은 개천에 떨어져 골병들어 돌아가시고 요부하던 재산이 다 술로 하여 없어졌으니 술이 당신에게는 비상이오. 그러한즉 여보, 내가 아까 당신과 약조합시다 한 것은 당신이 3년 동안만 술을 끊

고 부지런히 벌이하여 봅시다 하는 말이오. 세상에 술 아니 먹고 부지런하면 못할 이치가 어디 있겠소. 당신이 만일 못하겠다 하면 나는 죽을라오."

김 서방이 머리를 득득 긁더니 손톱에 끼인 시커먼 머리때를 엄지손톱으로 바람벽에다가 탁탁 튀기면서,

"어디 그렇게 하여 볼까. 그래, 술 아니 먹으면 부자 될까."

아내가 허허 웃으며,

"술 아니 먹는다구 부자 될 리가 있겠소. 술을 끊고도 부지런해야지. 자, 그러면 밝는 날에는 인력거 한 채 세 내어 가지고 인력거를 끌어서 하루 스무 냥을 벌든지 쉰 냥을 벌든지 나한테만 맡기시오. 나도 바느질도 하고 남의 집 일도 하여 다만 한 푼씩이라도 돈을 모으고 살 터이니."

김 서방이 가만히 생각하더니 별안간 하는 말이,

"그러세. 제 — 길, 술 먹으면 개자식일세."

(이 책을 기록하는 이 사람이 김 서방 부인에게 감사할 말 한마디가 있도다. 이 책 보는 세상의 모든 군

자들이여, 김 서방 부인의 '술 끊고도 부지런해야지' 하는 말 한 구절을 기억할지어다. 이것이 치부의 비결(致富之秘訣)인가 하노라.)

김 서방 내외의 의론이 일치하여 장래에 부자 되고 잘살 이야기로 그럭저럭 밤을 새우고 날이 밝으매, 그 아내가 머리에 꽂은 귀이개를 빼어 전당포에 가서 돈푼이나 얻어 가지고 구멍가게에서 쌀 서너 움큼을 팔아다가 부엌 구석의 검불을 닥닥 긁어 밥을 지어먹은 후에 김 서방은 인력거 세 얻으러 나간다.

술집 앞을 지나면 억지로 고개를 외로 두고 술집을 아니 보려 하지마는 고개만 외로 두었지 눈은 저절로 술집으로 간다. 이때 어떠한 사람이 술집에서,

"한 잔 더 부오."

하는 소리가 나며 술 냄새가 김 서방의 코를 찌르니, 김 서방이 깜짝 놀라며 두 손으로 코를 싸쥐고 달음박질하면서 하는 말이,

"아이고, 비상 냄새야."

종일 헤매다가 해 질 머리에야 겨우 인력거 한 채를 세 얻어 가지고 돌아오니, 그 아내는 벌써 저녁밥을 지어놓고 기다리거늘 두 내외가 저녁밥을 먹은 후에 지난밤에 잠을 조금도 자지 못한 까닭으로 졸음이 와서 못 견디어 어둡기 전부터 잠을 잔다.

김 서방이 하는 말이,

"여보게, 나는 늦도록 잠자기 쉬우니 내일 새벽 어둑한 때에 나를 깨우게. 종현 뾰족집의 종 칠 때 곧 깨우게. 새벽부터 일찍 나가서 벌어야지."

그 여편네는 남편이 술을 끊고 이렇게 부지런한 마음이 생긴 것만 좋아서 그리하마 허락하고, 두 내외가 전보다 유별하게 정 있게 드러누워 장래에 부자 될 꿈이나 꾸었는지.

종현 뾰족집 종소리가 새문 밖 김 서방의 마누라의 꿈을 깨워 잠든 귀를 떵떵 울리니, 김 서방의 아내가 잠결에 깜짝 놀라 일어앉아 불을 켜고 그 남편을 깨운다.

"여보, 일어나오. 지금 종 쳤소. 창이 훤하게 밝았나 보오. 예 ─, 어서 일어나오."

곤하게 잠을 자던 김 서방이 벌떡 일어나며 혼잣말로 하는 말이,

"잠든 지가 얼마 아니 되는 듯한데 벌써 밤이 새었나. 아이고, 졸리어."

그 아내가 물을 데워서 찬밥과 함께 소반을 받쳐다가 김 서방의 앞에 놓으니 물만 조금 마시고 수건으로 귀를 싸매고 인력거를 끌고 나간다.

설상에 부는 바람은 몸이 떠나갈 것 같고 노변에 깔린 얼음은 발목이 빠질 듯하다. 추위가 하도 지독하고 바람이 하도 몹시 불어 지나다니는 사람 하나도 없고 천지가 쓸쓸한데, 김 서방은 인력거 채를 가슴 위에 얹고 큰 거리에 나가서 인력거 주거장에 인력거를 놓고 두루마기로 몸을 싸고 앉았으니 밤은 밝지아니하고 점점 더 어두워진다.

김 서방은 혼잣말로 중얼거린다.

"일기가 하도 지독히 추워서 지나다니는 사람이 없

으니까 다른 동무들은 그저들
아니 나오나. 이것이 웬일인
고. 인력거 탈 손님은 오든지
말든지 밤이나 어서 밝아야
할 터인데. 천지가 종용한데
나 혼자 여기서 이게 무슨 청
승인가. 내가 도깨비한테 홀리었나. 종 쳤다고 한 지
가 벌써 두 시간이나 지내었을 요량인데 여태 밝지
아니하니 아마도 마누라가 다른 소리를 종 치는 소리
로 알고 깨운 것이나 아닌가.

　이 제 ― 밀, 졸리기는 퍽도 졸리네. 눈을 들 수가
없이 졸리네. 어찌한 셈이야. 내가 아무리 하여도 무
엇에게 홀린 것이로고……. 이렇게 졸린 것 보았나.
여기서 잠을 잤다가는 강시할 걸……. 눈을 집어서
얼굴을 씻으면 잠이 달아나겠지.”

　이렇게 혼자 구성구성하면서 그 옆의 언덕 위로 올
라가서 길가로 쌓인 눈을 한 주먹 집어서 얼굴을 씻
으려 하더니 무엇에 놀랐는지 놀라며 머리끝이 쭈뼛

해진다.

　이때 그 아내는 남편이 나
간 후로 저렇게 바람이 불
고 저렇게 추운데 남편을 내
보내고 마음이 미안하여 잠도 아니 자고 앉았는데,
오래지 아니하여 밝으려니 하고 밝기만 기다리되 도
무지 아니 밝는도다. 가만히 생각한즉 잠든 지가 얼
마 아니 되었는데 뾰족집의 종소리는 정녕히 들었는
지라, 초저녁 일곱 시 반에 치는 종소리를 잠결에 듣
고 새벽인 줄 알고 남편을 깨워 보내었도다.
　다른 날 같으면 초저녁 이때 즈음에 사람들이 많이
지나다닐 터이지마는 이날은 풍세가 대단하고 추위
가 지독하여 길에 다니는 사람이 하나도 없다. 그 아
내는 자기 남편을 잠도 못 자게 공연히 깨워 보내서
추운데 떨고 있을 생각을 하고 더욱 마음에 미안하여
도로 들어오기만 기다린다.
　별안간 문을 두드리는 소리가 야단스럽게 나면서

무엇에게 쫓겨 오는 사람같이 문 열라는 소리가 연거 푸 숨차게 난다. 나가서 문을 열어 주니 김 서방이 인력거는 문 앞에 내던지고 뛰어 들어와 신발도 벗지 아니하고 방으로 들어가서 헐레벌떡거리며 숨이 차서 말도 못하거늘 그 아내는 눈이 휘둥그레져서,

(처) "아, 이게 웬일이오. 글쎄 왜 이리하오."

(김) "여보게, 문 열 때 내 뒤에 아무도 쫓아오지 아니하던가."

(처) "쫓아오기는 누가 쫓아와요."

(김) "아이고, 숨차. 정녕히 아무도 아니 쫓아오던가."

(처) "쫓아오는 사람 없어요."

(김) "누가 내 뒤를 쫓아오는 듯하던데."

(처) "아 —, 그래서 이렇게 야단이오. 신발이나 좀 벗으시오."

(김) "아니여, 이것 보아. 내가 하도 졸리기에 길 옆에 쌓인 눈을 집어서 얼굴을 씻으려 한즉 눈 속에서 이것이 집혀서 깜짝 놀랐어."

(처) "그것이 무엇이오."

(김) "문 단단히 잠갔나, 누구 들어오리. 인제는 우리 부자 되었네."

(처) "글쎄, 문은 단단히 걸었소. 그것이 무엇이라는 말이오."

(김) "이것이 지전 뭉치여. 얼마나 되는가 좀 세어 보아야."

이상스러운 색 보자기에 똘똘 뭉쳐 싸고 또 그 속에는 신문지로 한 겹을 쌌는데 십 원짜리, 5원짜리, 1원짜리 지전과 오십 전, 이십 전 은전이라. 김 서방이 지폐를 들고 세어 보려 하나 손이 떨려서 세지를 못하고 지폐를 들고 성주대(집을 지키는 신 성주를 모시는 간단한 제단. 지전 뭉치를 아주 귀하고 조심스럽게 다룸을 표현)를 내리는 모양이라.

그 아내가 물끄러미 보고 있다가,

"이리 주시오. 내가 세리다."

하니 십 원 지폐 이백 장, 5원 지폐 삼백 장, 1원 지폐 오백 장, 은전 삼십이 원 오십 전, 모두 사천삼십이 원 오십 전이라.

김 서방이 사천 원을 당오풀이(당오전은 고종 20년(1883)부터 32년(1895)까지 사용된 화폐로, 구리로 만들었으며 법정 가치는 상평통보의 5배로 하였다. 강화도 조약 이후 국가 재정이 위기에 처했을 무렵, 고종 19년 임오군란으로 일본에 오십만 원의 배상을 하게 되자 민간 경제의 파탄은 날로 조정을 위협, 특히 전화(錢貨)의 혼란이 막심했으므로 홍순복의 건의로 당오전을 주조하게 되었다. 당오풀이란 당오전의 값어치가 떨어져서 엽전 한 냥과 당오전 닷냥을 같은 값으로 셈하던 당오평(當五坪)을 뜻함)로 풀어 보더니,

"이십만 냥일세그랴. 단 만 냥 하나를 손에 만져 보지 못하였는데 이십만 냥, 참 엄청나다. 여보게, 마누라. 이것 가졌으면 자네도 고운 옷 좀 해 입고 나도 술 좀 먹고 그리하고도 넉넉히 살겠지."

그 아내가 한참 생각하고 아무 말도 없다가 남편의

얼굴을 물끄러미 보더니 하는 말이,

(처) "여보, 그 돈을 그대로 쓰시려오. 이 돈을 잃어버린 사람은 오죽 원통해 하겠소."

(김) "별 제 — 밀, 붙을 소리를 다 하네. 내 복으로 내가 얻은 돈인데 그럼 아니 쓰고 무엇 하여."

그 아내가 감히 남편의 말을 항거하지는 못하고 한참 동안을 잠잠히 앉았더니,

"여보, 저 지난밤에는 한숨 못 자고 오늘 밤에도 잠을 못 자서 졸리어 죽겠수다. 이 돈은 내게 맡기고 편히 잡시다. 자, 어서 잡시다."

이틀 밤이나 잠을 못 자서 곤한 김 서방이 꿈결같이 지전 뭉치를 얻어서 어찌 좋은지 잠잘 생각도 없지마는, 그 돈을 아내에게 맡기고 이불을 쓰고 드러누워 눈을 감고 내일부터 돈 쓸 생각에 그 밤을 다 보내고 다 밝기에 잠이 들어 오정 때까지나 정신 모르고 잠을 자다가, 이웃집 어린아이들 장난하다 싸우고 우는 소리에 깜짝 놀라 잠을 깨어 벌떡 일어나서 세수도 아니 하고 곰방대에 담배 담아 왜성냥에 피워

물고, 그 근처에 사는 친구들을 경사나 있는 듯이 청하여 가지고 술집으로 들어가서 모두 술을 먹이고 저도 취하도록 먹을 때에, 술집 주인이 술값이나 못 받을까 염려하여 술을 잘 아니 주려고 한즉 김 서방이 하는 말이,

"구차한 사람은 일상 구차한 줄 아는가. 이따 우리 집으로 오면 전후 술값 다 셈하여 줄 터이니 걱정 말고 술을 부르라니."

곰방대 든 왼손으로 바른팔의 토시를 어깨까지 치키면서 고성대담으로 의기양양하여 예전 모양과 딴판이라. 눈이 게슴츠레하여 하늘인지 땅인지 분별하

지 못하도록 잔뜩 취케 먹은 후에
길을 휩쓸고갈지자걸음이라더니,
이것은 강남 갈지자걸음으로 간
신히 집에 와서 방에도 미처 못
들어가고 문지방에 걸쳐 누워 정신
없이 잠들었다.

　그 아내가 간신히 끌어다가 아랫목에 뉘었더니 해
가 저물어도 깨지 아니하고 밤이 깊어도 깨지 아니하
고, 그 이튿날 늦은 아침때 비로소 일어나서 얼굴 씻
고 밥을 먹고 가만히 생각하니 어제 일이 맹랑하다.
돈 얻은 일과 술 먹은 일만 생각이 나고 그 외에는 며
칠이나 잠을 잤는지 술 먹고 어떻게 집으로 들어왔는
지 전연히 알 수 없도다. 그 아내더러 묻는 말이,

　"여보게, 내가 며칠이나 잠을 잤나. 어떻게 잠을 잤
는지 정신이 하나 없네."

　그 아내가 하는 말이,

　"인력거 세 얻어 오던 날 해 지기 전부터 잠자기 시
작하여 어젯날 점심때에 일어나서, 술 먹으면 개자식

이라는 맹세는 어찌 하였는지 일어나는 길로 세수도
아니 하고 바로 나가서 술을 얼마나 자셨기에 그렇게
취하여 들어오셨소.

지금이야 일어났으니 잠도 무던히 잤지마는 어저
께는 어찌하여 외상술을 그렇게 많이 자셨소. 어저께
는 술값이 일백팔십 냥이라고 술집주인이 와서, 집에
돈이 있으니 전후 술값을 다 셈하여 주마 하였다고
왜 돈 두고 아니 주느냐고 사설하고 갔소. 무슨 돈이
집에 있다고 술값 받으러 오라고 하였습니까. 집에
돈을 두었는지 어쨌는지 나는 알 수 없으니 술 깨거
든 와서 받아 가라 하여 보내었소. 필연코 조금 있다
가 또 올 것이오."

김 서방이 하는 말이,

"왜 그 돈 어찌 하였나. 그 속에서 내어 주지그랴."

그 아내가 새삼스러이 하는 말이,

"그 돈이 무슨 돈이오? 어느 때에 나를 주었소?"

김 서방이 의아하여 말하기를,

"길에서 얻은 지전 뭉치, 왜 자네가 그때 세어 보지

아니하였나. 그래서 사천삼십이 원 오십 전, 당오풀
이로 이십만 냥 자네에게 맡기고 자지 아니하였나
왜."

"아, 당신이 꿈을 꾸었소. 언제 어느 때에 지전 뭉
치를 얻어 가지고 왔소. 나는 지전커녕 종잇조각도
못 보았소. 잠을 그만치나 잤으니까 꿈도 많이 꾸었
겠지."

김 서방이 이 말을 듣더니 하도 기가 막히어 말 한
모금 못하고 잠잠히 앉았더라. 그 아내도 아무 말 없
이 앉았더라.

한참 동안을 두 내외가 아무 말 없이 앉았더니 김
서방이 입맛을 다시면서 묻는 말이,

"그래, 돈 얻은 것은 꿈이고 친구 데리고 술 먹은 것
은 생시라는 말인가. 꿈에 돈 얻어 가지고 생시에 외
상술을 먹었으니 술값을 어떻게 하나. 응, 입맛 쓰다."

어느 사람이든지 게으른 사람은 못살고 부지런한
사람은 잘사느니, 벌기는 적게 하고 쓰기는 많이 하

 여 술 먹고 노는 사람 평생이 간구(艱苟, 가난하고 구차함)하고, 부지런히 벌이하여 적게 쓰고 많이 모아 다만 한 푼이라도 돈을 모아 두는 사람은 아무리 하더라도 굶든 아니하는지라.

새문 밖 김 서방도 일하기 싫고 술 먹기 좋아하여 자나 깨나 생각하기를, 저절로 돈이 생겨 술이나 매일 장취 먹었으면 이 위에 더할 낙이 없을 터인데 저절로 돈 생길 도리가 어디 있으리오.

어느 부처님이 지나다가 지전 뭉치나 길에 빠뜨려서 다른 사람 보기 전에 내가 먼저 얼른 집어 한 구석에 감추어 두고 남모르게 꺼내어 쓰면 술 먹고 싶은 때 술 먹고 옷 해 입을 때 옷 해 입고 마음대로 하였으면 좋겠다고 항상 생각하던 차에, 꿈인지 생시인지 이십만 냥 돈을 얻어 좋아라고 하였더니 술 먹은 것은 적설하고 돈 얻은 것은 꿈이 되어 좋은 일이 허사로다. 가만히 생각한즉 하도 맹랑하고 하도 어이없어 목침 베고 드러누우니 일신이 찌뿌듯하다.

이리하여서는 아니 되겠다고 그날부터 부지런히 인력거 벌이할 새, 새벽에 나가서 저녁까지 술도 아니 먹고 용돈 과히 아니 쓰고 한 냥을 벌든지 열 냥을 벌든지 집으로 가지고 가서 마누라에게 맡겨 두고, 밥을 조금 많이 담아도 쌀 많이 없어진다고 말을 하며 반찬을 조금 잘 하여 놓아도 용돈 과히 쓴다고 잔말을 하여 아무쪼록 적게 쓰고 아무쪼록 많이 모으려 하며, 벌이를 할 때에도 동리 사람에게 신실하게 보이고 동무에게 밉지 아니하게 굴어 다른 인력거꾼은 열 냥 받고 다니는 데를 김 서방은 일곱 냥이나 여덟 냥을 받고 다니며 힘을 들여 인력거를 끄니, 동리 양반들이 인력거를 탈 일이 있으면 김 서방을 부르고 심부름을 시킬 일이 있더라도 김 서방을 찾아서 그 신실하고 튼튼한 것을 어여뻐 보아 삯전도 많이 주고 행하도 후히 하여 1년 지나 빚 다 벗고, 이태 지나 인력거 사고, 3년 지나 돈 모았다.

김 서방이 이렇게 부지런히 벌이하고 열심히 돈을 모으려 하고 신실하게 일을 하려고 할 때, 그 아내도

또한 바느질하며 남의 집 일도 하여 밥도 더러 얻어다가 끼니를 때우고 반찬도 더러 얻어다가 남편을 공대할 새 그럭저럭 3, 4년이 지났더라.

섣달그믐께는 새해를 맞으려고 사람마다 분주하여 빚 받으러 다니는 사람도 있고, 빚에 쫓겨 피신하는 사람도 있고, 세찬에 봉물에 오락가락 세상이 번화한데 어떠한 집에는 아이들 설빔 하나 못해 주고 돈이 없어 쩔쩔매는 집도 있도다.

김 서방도 2, 3년 전에는 섣달그믐을 당하면 술값이니 쌀값이니 일수, 월수 돈에 몰려 쫓겨 다니느라고 과세도 변변히 잘 못하더니, 금년부터는 형세가 늘어서 집안이 넉넉하여 빚 한 푼 갚을 것 없고 쌀 한 되 취한 데 없다.

김 서방이 동리 양반에게 세찬 행하를 많이 얻어 가

지고 집으로 들어가니 그 아내는
과세하려고 흰떡을 하며 만두를
하며 혼잣몸이 분주한지라, 방으
로 들어가서 심심히 앉았다가 장
롱을 열고 보니 어느 틈에 벌써 두 내외 입을 설빔 의
복을 다 해 놓았더라. 김 서방의 입이 떡 벌어져서 혼
자 빙긋 웃고 마음에 좋아라고 잠깐 앉았다가 다시
일어서서 바깥으로 나와 아내의 하는 일을 거두추어
주며 이야기하는 말이,

"여보게, 마누라. 이번 설에는 마음이 참 좋아. 재
작년 설만 하여도 우리가 빚에 쫓기어 고생을 좀 많
이 하였나. 술집 늙은이가 술값 받으러 왔을 때 돈은
없고 할 수 없이 내가 이불 개어 놓은 뒤에 가서 자네
행주치마를 쓰고 숨었더니, 술집 늙은이가 자네더러
옥신각신 말하다가 나 숨은 데를 의심하였던지 늙은
이가 하는 말이, '에고, 이상하여라. 저 이불 위의 행
주치마가 왜 꿈지럭꿈지럭하여……' 하는 소리에 떠
들어 볼까 하여 가슴이 두근두근하였네. 그때 만일

그 늙은이가 떠들어 보았으면 내 모양이 어찌 될 뻔 하였어. 지금 생각해도 우습고 기가 막히지. 하하하."

일을 다한 후에 저녁밥을 차려 가지고 방으로 들어가서 재미있게 먹은 후에 그 아내가 하는 말이,

"우리가 3년 전보다는 형세가 늘어서 굶지 아니하고 넉넉하게 살며 명절을 재미있게 잘 쇠는 것은 당신이 술을 끊고 부지런히 벌이한 까닭인데, 그동안에 백사를 절용하여 쓸 것을 아니 쓰고 돈을 모아 지금은 어지간히 많이 모였소. 얼마나 되는지 시원하게 세어 보시려오."

김 서방도 본래 자세히 알지 못하여 궁금하던 터이라, 속마음으로 인력거나 두어 채 사서 다른 사람에게 세로 줄 만한 돈이나 모였는가 생각하고 기꺼이 대답한다.

"그것 참 좋은 말일세. 아마 돈천이나 모였겠지. 당오 만 냥만 되어도 걱정 없겠는데."

그 아내가 벌떡 일어서서 장롱 안에서 무슨 뭉치를 두 손으로 무겁게 들고 꺼내어 김 서방의 앞에 놓으

며 하는 말이,

"이것을 세어 보니까 모두 사천삼백 원이니 당오풀이로 이십일만 오천 냥입디다."

김 서방이 깜짝 놀라며,

"웬 돈이 이렇게 많이 모였나."

그 아내는 온순한 태도로 조용히 말하되,

"오늘은 내 죄를 용서하여 주시오. 내가 남편에게 죄를 많이 지었소. 당초에 당신이 인력거를 끌고 나가서 지전 뭉치를 얻어 가지고 들어오셔서 그 이튿날 벌이할 생각은 아니 하고 그 전날 밤에 약조한 말과 맹세한 말은 모두 잊어버리고 술 자시기를 시작하시기에, 하릴없이 당신을 속이고 당신 술 취한 것을 이용하여 꿈으로 돌려보내고 그 지전 뭉치를 경찰서로 가지고 가서 모든 사정 말을 하고 임자를 찾아 주라하였더니, 경찰서에서 광고를 붙이고 지전 잃은 사람을 사면으로 찾으나 돈 임자가 나서지 아니하는 고로 수일 전에 나를 부르기에 경찰서에 갔더니 경찰서장이 그 지전 뭉치를 내어 주며, 이 돈은 3년이 지나도

임자가 나서지 아니한즉 네 게로 내어 주노니 그것 가지고 잘 살아라 하옵기 대단히 놀랍고 고마워서 가지고 나왔으나, 그동안 3년이나 당신을 속인 일이 여편네 된 도리에 대단히 죄송하오니 용서하시오. 경찰서에서 내어 주신 돈이 사천삼십이 원 오십 전이요, 그 나머지는 그동안 우리가 모은 돈이오."

김 서방은 그 아내의 말만 듣고 잠잠히 앉았더니 별안간 하는 말이,

"아니여, 이것이 또 꿈이로군. 내가 또 지금 꿈을 꾸는 것이야."

그 아내는 김 서방의 하는 말이 한편으로는 딱하기도 하고 한편으로는 또 김 서방이 돈 많은 것을 보고 도로 예전 마음이 생겨 술이나 먹고 게을러질까 염려하여 엄연한 태도로 말을 한다.

"아니오, 꿈도 아니고 정말인데 인제는 이것 가졌으면 전답 사고 추수하여 존절히(쓸쓸이를 절약함) 쓰

고 먹으면 구차하지 아니하게 살 터이니 우리가 더욱
마음을 굳게 먹고 규모를 부려 가며 잘 사십시다."

김 서방은 한참 동안이나 말이 없더니 눈에 눈물이
핑 돌면서 하는 말이,

"내가 오늘 이러한 기쁘고 좋
은 말하게 된 것은 모두 자네 덕
일세. 마누라가 그때 그렇게 아
니 하였다면 나는 그 돈을 다 썼
을 터이오. 구차한 놈이 별안간
돈 잘 쓰는 것을 경찰서에서 가만히 있을 리가 있는
가. 징역은 갈 데 없이 하였을 것이오. 또 오늘 이렇
게 돈이 남을 수가 있었겠는가. 자, 나는 부자 되었다
고 마음 놓을 수는 없으니 돈은 다 자네가 가지고 논
도 사고 땅도 사게. 나는 인력거 벌이는 내어 버리지
못하겠네⋯⋯."

김 서방은 인력거를 끌고 병문으로 나간다.

공진회를 개최한다는 소문이 있더니 서울에서 공

진회 협찬회가 조직이 되었는데, 공진회는 총독정치를 시행한 지 다섯 해 된 기념으로 하는 것이라 하는 말을 김 서방의 내외가 들었던지 경찰서에서 돈을 내어 준 것을 항상 고마워하고 총독정치의 공명함을 평생 감사하게 여기던 터이라.

공진회 협찬회에 대하여 돈 이백 원을 무명씨로 기부한 사람이 있는데 이 무명씨가 아마 김 서방인 듯하다더라.

시골노인
이야기

　벼루에 먹을 갈고 한 손에 붓대를 잡고 또 한 손에
는 권연초에 불을 달여 입에 대었다 떼었다 하는 동
안에 입으로 권연초 연기만 후 — 후 — 내불고 앉았
는데, 생각이 아니 난다 붓방아만 찧고 있다가 권연
초는 재떨이에 내던지고 붓은 책상 위에 내던지고 벌
떡 일어나서 두루마기를 입고 모자 쓰고 문 밖으로
썩 나서며 혼자 입속말로 중얼중얼하는 말이,

　"내가 붓을 들고 책을 지을 때 하루에 열 장 스무
장은 놀면서 만드는데 오늘은 어찌하여 아무 생각도
아니 나고 종일 앉아 붓방아만 찧고 소설 한 장도 못

만들었으니 이렇게 아무 재
료가 도무지 없을까⋯⋯."

남산을 바라보니 성긴 나
무 울울총총 무슨 의사 있는
듯하나 별로 신기한 생각이 아니 나고, 길거리를 내
다보니 사람들이 오락가락 제각기 일 있는 모양이나
깊은 사정 알 수 없다.

아서라, 저기 시골서 노인 한 분이 이번에 공진회
구경하러 올라왔다 하니 그 양반이나 좀 찾아보고 이
야기나 들어 보겠다.

그 노인 거처하는 방은 매우 청결하고 소쇄(瀟灑,
깨끗하고 시원함. 기운이 맑음)하나 한 옆에는 화로
에 불을 피우고 약탕관에 약을 달이며, 한 옆에는 책
상이 있고 책상 위에는 그 노인에게 당치 아니한 신
학문 서책이 쌓여 있고, 재떨이는 의례건이어니와 요
강, 타구도 그 앞에 놓여 있더라.

한 번 절하고 일어앉아 행용하는 인사를 마친 후에

역사적 이야기를 청하였더니, 그
노인은 안경 너머로 눈을 들어 넘
겨다보며 한 손으로 담뱃대에 상
초 한 대를 꽉 눌러 담아 피워 물고 하는 말이,

"내가 칠십 세를 살았으니 철모르고 자라난 이십
년 동안을 뺄지라도 오십 년 동안 일은 지내어 보았
네. 그동안에 별별 이상한 일도 보았고 고생도 하여
보았고 세상 변천하는 것도 여러 번 지내어 보았네.
그런고로 자네 같은 소년들은 나를 오십 년 역사책으
로 알고 성가시게 구네그랴. 하……, 하……, 그런데
무슨 할 이야기가 어디 있나. 그러나 이것은 참 재미
있는 이야기인데 자네한테나 이야기하는 것이니 행
여나 소설책이나 그러한 데 내지 말게, 부디. 이것은
몇 해 아니 된 일일세."

한 시골 사람이 어린 조카자식을 서울로 올려 보내
며 당부하는 말이라.
"용필아, 잘 가거라. 서울은 시골과 달라서 대단히

번화하여 길에 잘못 다니다가는 말에게 밟히기도 쉬우니 조심하여라. 사동 김 갑산 영감은 나와 죽마고우로 어려서부터 사이가 좋게 지내었다가 근래 7, 8년을 서로 소식 없이 지내었는데, 그 집을 찾아가서 내 편지를 전하고 보이면 그 사람이 필연 반가워할 것이요, 또 너를 위하여 출세할 길도 열어 줄 것이니 그런 데를 가서 있더라도 똑똑하게 하여라."

이렇게 당부하고 말하는 사람은 용필의 삼촌이니 만초 선생이라면 그 동리 근처에서 모르는 사람이 없는 사람이요, 그 동리는 강원도 철원 고을 북편으로 십 리쯤 되는 땅이라.

무슨 까닭으로 자기 조카를 서울로 보내느냐 할지면 좋은 일에 보내는 것이 아니요, 사세부득이한 일이 있어서 집에 있을 수 없는 형편이 있는 고로 서울로 보내는 터이라.

당초에 용필의 조부는 상당한 재산이 있어서 요부하게 살 뿐 아니라 그 근처에서 세력이 남에 지지 아니하고 행세도 점잖게 하는 고로 사람마다 존경하더

라. 아들은 둘이나 있으되 손자를 못 보아 대단히 바라더니 맏아들에게서 용필이를 낳은지라.

아이도 대단히 탐스럽고 똑똑하게 생겼거니와 늦게 본 손자라 더욱 귀애하여 금지옥엽같이 사랑할 새, 이때 그 친구로 항상 서로 추축(追逐, 벗 사이에 서로 왕래하여 사귐)하는 박 감역(토목 공사 관리)이 있으니 역시 가세가 넉넉하고 세력도 있고 문벌도 비등한데, 늦게 손녀딸을 보아 대단히 사랑하여 이름을 명희라 부르고 아침이든지 저녁이든지 명희를 품에 안고 용필의 조부 되는 김 도사(감찰 벼슬) 집에 가서 담배도 먹고 이야기도 하고 놀다 오는 터이라.

용필이는 돌이 지내어 아장아장 걸어오고 걸어가매, 김 도사가 귀애하여 재미를 보느라고 사랑 마당 양지쪽에 앉아서 용필의 걸음 걷는 양을 보려고 손에 들었던 담뱃대를 멀지 않게 집어 내던지고,

"오 ―, 내 손자야, 저기 가서 저 ― 담뱃대 가져온. 옳지, 옳지. 아이고, 기특하다."

김 도사가 이러할 즈음에 박 감역이 명희를 품에 안

고 나와서 역시 내려놓고 손을 붙들고 귀염을 본다. 두 어린아이가 빵긋빵긋 웃으며 혹 걷기도 하고 혹 기기도 하여 둥실둥실 노는 모양, 남이 보아도 귀엽고 대견하여 어여삐 여길 터인데 김 도사와 박 감역이야 오죽 귀여워하리오.

　　　　　두 늙은이가 어떻게 마음에 귀엽든지 그 자리에서 서로 언약을 맺고 혼인을 예정하여 용필이 열일곱 살 되거든 성례하기로 작정한지라. 남녀가 일곱 살만 되면 한자리에 앉지 아니하는 것이 우리 조선의 예법이로되 용필이와 명희는 예혼을 언약한 터인 고로 십여 세가 되도록 한방에 함께 앉기도 하며 어른들이 실없이 구느라고 한자리에 앉히고,

"명희가 네 아내다."

"용필이가 네 남편이다."

하며 재미를 보고 웃고 지내더니, 세상만사가 사람의 뜻대로 되기 어려움은 옛적이나 지금이나 일반이라. 박 감역이 세상을 이별한 후 1년이 못 되어서 김

도사가 역시 별세하니, 김 도사의 집에는 환란이 그치지 아니하여 해마다 초상이 아니 나는 해가 없어 김 도사의 맏아들 죽고 그 둘째 아들 만초 선생의 내외도 중병으로 죽을 뻔하다가 겨우 살아나니, 어언간 가산이 탕패하여 용필이는 부모 없는 고아가 되고 가난한 살림살이로 궁하게 지내는 그 삼촌에게 의탁하여 숙모가 뒤를 거두어 길러내니, 수삼 년 전에는 철원 고을에서 일반이 부러워하던 김 도사 집이 지금은 아주 보잘것없이 되어 사람마다 세상의 부귀영욕이 일장춘몽과 같다 하는 말을 믿게 하는도다.

어제까지는 사람마다 떠받들고 집집마다 귀여워하던 용필이가 지금은 간 데 족족 천덕꾸러기가 되어 헐벗고 주리고 모양이 아주 말 못 되는데, 그 삼촌 숙부 되는 만초 선생은 평생에 좋아하는 것이 글

뿐이요, 돈 같은 것은 변리도 따질 줄 모르고 집안 살

림은 당초에 상관치 아니하여 그 아내가 어찌어찌하여 지내어 가는 터이라.

그러한 고로 용필이는 더욱 말 못 되게 지내어 어떠한 때는 끼니도 굶고 의복은 남루하여 불쌍한 경우에 이르렀는데, 세상 사람이 하나도 돌보아 주는 사람이 없으되 오직 남모르게 속으로만 불쌍히 여기고 마음으로만 애닲게 여기는 사람 하나 있으니 이는 다른 사람이 아니라 박 감역의 손녀 명희라.

박 감역이 죽은 후로 박 감역의 아들 명희의 아버지 박 참봉은 원래 인색하고 돈만 아는 사람이라. 빈궁한 사람은 사람으로 여기지 아니하고 부자나 세력 있는 사람을 보면 그 앞에서 감히 얼굴을 들지 못하고 아첨하는데, 당초에 김 도사가 살아 있을 때에는 김 도사 집이 요부하고 세력이 있어 자기 집보다 나은 고로 자기 딸 명희와 용필이와 예혼 언약한 것을 좋아하였으나 지금은 김 도사 집이 망하고 용필이가 말 못 되게 있음을 보니 혼인할 마음이 없는데, 명희의 얼굴이 절묘하고 침선 범절과 언어, 행동이 세상 사람 같지 아니하고 하늘에서 내려온 선녀인 듯하여 원근 간에 칭찬이 자자하고 소문이 널리 나서, 아들 있고 혼처 구하는 사람은 청혼하지 아니하는 자 없는 고로 박 참봉은 더욱 용필이와 성혼하기를 싫어하여 만초 선생에게 돈을 주고라도 파약하였으면 좋겠다고 생각하나 만초 선생은 원래 전재를 탐내는 사람이 아닌 고로 말도 해 보지 못하고 어떻게 하여 세력으로 내리눌러서 파혼할 마음이라.

명희는 나이가 아직 어리되 지각이 어른보다 출중한 고로 자기 부친의 눈치를 알아채었도다. 출중한 사람은 출중한 마음이 있나니, 명희의 마음은 용필이를 장래 자기의 배필로 알고 천하 없는 일이 있을지라도 이것은 변치 못하겠다 하여 이따금 담 너머로 용필이 지나가는 것을 보면 말은 못하되 속으로만 간이 사라지는 듯이 불쌍하고 사랑하는 마음이 저절로 나서 옷이라도 하여 주고 밥이라도 먹였으면 좋겠다고 생각하는 터이라.

하루는 명희가 그 모친과 함께 일갓집 혼인 잔치에

갔다가 저물게 돌아오는데 만초 선생의 집 앞으로 지나갈 새, 어떤 아이가 담 모퉁이에 서서 눈물을 흘리고 무슨 생각을 하며 대단히 슬퍼하는 모양인데 자세히 보니 용필이라.

명희의 오장이 녹는 듯하고 눈물이 저절로 흐르는 것을 모친 모르게 씻고 집으로 돌아와 그날 밤에 잠을 못 자고 규중에서 방황하다가 달은 희미한데 후원으로 들어가 높은 곳에 올라서서 용필이 섰던 곳을 바라보니 마침 용필이가 어디를 가는지 집 앞으로 지나가는지라. 큰 소리로 부를 수는 없는 고로 담 너머로 지나갈 즈음에 명희가 담을 넘겨다보고 가는 목소리로 용필이를 부른다.

"용필아 ―, 용필."

용필이가 돌아다보고 조용히 단둘이 만나 하나는 담 너머 서고 하나는 담 안에 있어 나직나직한 말소리로 이야기를 하려 하는데, 저편에서 기침 한 번을 에헴 하고 이리로 향하여 오는 사람이 있는지라.

　깜짝 놀라 명희는 제 방으로 들어가고 용필이는 갈 데로 갔으나, 기침하고 오던 사람은 명희의 부친 박 참봉인데 자기 딸이 용필이와 무슨 이야기하는 것을 보고 마음에 대단히 괘씸하고 분이 나서 용필이를 죽여 없이 하였으면 좋겠다 하는 생각까지 나는도다.

　이때 철원읍에 사는 유 승지는 가세 가 심히 요부하여 강원도 안의 제일가 는 부자요, 돈이 많으면 세력이 있는 것 은 세상의 상례라. 서울 재상가에도 반 연이 있어 벼슬을 승지까지 얻어 하고 철원 고을 안에서는 호랑이 노릇을 하 는 터인데, 아들의 혼처를 구하되 적당 한 데가 없어 경향으로 구혼하더니 박 참봉의 규수가 심히 절묘하고 범절이 갸륵하다는 소문을 듣고 일부 러 사람을 보내어 탐지하여 본 후에 바싹 욕심이 나 서 중매를 놓아 청혼한즉, 박 참봉의 생각도 매우 좋 이 여기지마는 용필이가 있는 까닭에 허락하지 못하

고 그 사연 이야기를 말한 후에 중매쟁이 귀에다가 박 참봉의 입을 대고 수군수군하는 말이,

"그 아이를 어떻게 없이 하였으면 내 마음에도 유 승지의 아들과 혼인하는 것이 매우 좋겠소."

중매쟁이가 박 참봉의 하던 말을 유 승지에게 전한 즉 유 승지가 하는 말이,

"그까짓 것, 내 수단으로 그것이야 못 없앨라구."

유 승지가 그 고을 육방관속을 자기 집 하인 부리기보다 더 쉽게 부리는 터인데 즉시 이방과 호장을 불러 분부하니 이방과 호장이 감히 거역치 못하여,

"그리하오리다."

하고 물러가더라.

이방이 유 승지의 소청을 듣고 나와서 생각하기를,

'내가 호장과 부동하여 용필이라 하는 아이를 무슨 죄에든지 얽어 몰아 죽이기 어렵지 아니하나 무죄한 사람을 애매히 죽이는 것이 옳지 못할 뿐 아니라 우리 선친이 용필의 조부 김 도사 그 양반에게 은덕을 입은 일이 있은즉 내가 이 아이를 살려 내는 것

이 옳다.'

하고 즉시 만초 선생의 집을 찾아가서 용필이 살려 낼 일을 의논한다.

(이방) "유 승지 영감의 분부가 이러하니 감히 거역할 수는 없고 그리할 수도 없어서 하는 말씀이오. 어떻게 하시려 합니까."

(만초) "큰일 났네그랴. 그러니 박 참봉이 그리할 수가 있나. 이 연유로 관찰부에 고발하면 어떠하겠나."

(이방) "그러면 나는 이방도 못 다니게요. 그뿐 아니라 유 승지는 돈이 많고 사람이 간사하고 세력이 있으니까 아무리 하여도 댁에서 질 터인즉 고발하여도 쓸데없지요. 내 생각 같으면 도련님을 서울이나 어디로 멀리 보내는 것이 좋을 듯하오이다."

(만초) "자네 말이 옳은 말일세. 그러면 그리하세. 서울 가서 상노 노릇을 하더라도 여기서 이 고생하는 것보다는 나을 것이요, 또 내 친구도 더러 서울에 있으니 세의(世誼, 대대로 사귀어 온 정의)로 하더라도

뒤를 보아줄 터이지."

(이방) "세의 말씀 마시오. 지금 세상인심 이 세의를 압니까. 박 참봉 은 댁과 세의가 없어서 그렇게 마음을 먹습니까. 어 찌 되었든지 멀리 보내시오."

이방이 간 후에 만초 선생이 용필이를 불러 앉히고 전후 이야기를 자세히 말하여 들려 주고 서울로 가라 하니, 용필이도 하릴없이 자라나던 고향 산천을 떠나 서 산도 설고 물도 선 서울로 가게 되었도다.

용필이가 그 삼촌 숙부 만초 선생을 하직하고 서울 로 찾아가서 동대문을 들어서니 만호장안에 인가가 즐비하고 거마가 도로에 연락부절하여 사동 김 갑산 집이 어디인지 알 수 없어 길거리에서 방황하다가, 사동으로 가는 장작 실은 말몰이꾼을 만나서 사동까 지는 함께 왔으나 김 갑산 집을 물은즉 하나도 아는 사람이 없어 사동 천지를 집집마다 상고하여 김 갑산

집을 찾되 알 수 없는지라.

갈 바를 알지 못하여 낙심 천만하고 길에 서서 어찌할꼬 하고 정신없이 걸음 걸어 안동 네거리에 이르러 이상한 복색에 칼 차고 말 탄 사람이 말을 달려오는데, 또 한편에서는 사륜 남여(가마)에 검은 복색 입은 구종들이 늘어서서 비키라고 소리를 지르는 서슬에 그것을 보고 길을 비키려 하다가 달려오는 말에게 다닥뜨려 용필이는 넘어지니, 말은 용필의 가슴을 밟고 지나가니 그 말 탄 사람이 말에서 뛰어내려 넘어진 용필이를 붙들어 일으키나 단단히 다쳐서 까무러쳤는지라.

급히 교군을 얻어 태워 가지고 자기 집으로 데리고 가서 의원 불러 치료하니 그럭저럭 여러 날이 되었더라. 말에게 상한 용필이가 다친 데도 대강 나아서 일어나 앉고 걸어 다닐 만하니 주인은 집을 알아 보내 주려고 거주, 성명을 묻는데 용필이 대답하기를,

"내 고향은 강원도 철원인데 서울로 올라와서 김

갑산 집을 찾으려 하다가 길에서 말에게 다쳤나이다."

하거늘 주인이 이 말을 듣고 즉시 하인을 불러,

"작은댁 영감 오시라고 여쭈어라."

하더니 조금 있다가 얼굴이 거무스름하고 눈에는 흰자위가 많은 한 사람이 들어오는데 주인이 용필이를 대하여 말하기를,

"네가 이 양반을 찾느냐. 이 양반이 지금은 진주 병사라는 벼슬을 하였는 고로 김 병사라 하지마는 이왕에 갑산 원을 다녀와서 김 갑산이라 하였더니라."

용필이가 김 갑산을 찾기는 하지마는 삼촌의 편지를 전하려 함이요, 제가 김 갑산의 안면을 아는 것은 아니라 자기 삼촌의 이름과 올라온 사정 이야기를 대강 하고, 우리 삼촌과 죽마고우로 친분이 자별한 김 갑산 영감을 찾노라 하니 그 사람이 깜짝 놀라며 하는 말이,

"아, 그러면 네가 만초의 조카냐. 김 도사의 손자로구나. 오, 만초를 만난 지가 벌써 7, 8년이나 되었지."

이때 철원읍에서는 유 승지가 박 감역의 딸 명희와 자기 아들의 혼인을 맺으려고 김 도사의 손자 용필이를 무슨 죄에 얽어서 남모르게 죽여 없애려 하였더니 용필이가 집을 떠나 부지거처 소식이 없다.

한 달이 지내어도 소식이 없고 1년이 지내어도 돌아오지 아니하매 박 참봉을 졸라서 성혼하자 하니 박 참봉도 용필이 없음을 다행히 여기어 유 승지의 아들과 혼인하려 하나 혼인에는 무엇이 제일이라던가, 제일 긴요한 색시가 병이 들어 작년 봄부터 이불 덮고 드러누운 사람이 여름이 지나고 가을이 지나고 겨울이 지내어 다시 봄철이 돌아오도록 방문 밖에를 나와 보지 못하여 병 낫기만 기다리고 그럭저럭 지내더니, 세상이 차차 소요하여 난리가 난다, 피난을 간다, 서학군을 죽이느니 동학이 일어나느니 하고 예제없이 소동하여 밤이면 좀도적, 낮이면 불한당, 어디 어느 곳이 안정한 땅이 없더라.

동학 난리가 지나고 의병 난리가 일어나서 각 지방이 소동하는 동안에 유 승지는 강원도 부자라 하는 소문으로 동학에게 잡혀가서 여간 재산 다 빼앗기고 생명만 겨우 보존하여 집으로 돌아온즉, 실인심한 사람은 난리 세상에 더욱 살기 어렵도다.

동학이 가장 창궐한 곳은 삼남지방이라, 경군이 내려가서 겨우 진멸하매 강원도 일경으로는 의병이 또한 창궐하여 서울에서 병정을 파송하여 의병을 토멸하려 할 새, 연대장은 원주에 앉아서 작전 계획을 만들어 내고 각 대대장과 중대장, 소대장이 각 고을에 출주하여 연대장의 명령을 받아 의병 진정하기에 힘쓰니 철원 고을에 출주한 군대는 대대장이 김참령이요, 소대장이 참위 김용필이라.

당초에 김용필이가 김참령의 백씨 김부령의 말에게 다쳐서 김부령 집에서 여러 날 치료하고, 김참령을 만나서 만초 선생의 편지를 전하고 김참령의 집에서 유련하니, 김부령은 위인이 대단히 인자하여 용필이를 사랑하나 바라고 찾던 김참령은 도리어 성품이 표독하고 마음이 음흉하

여 별양 반갑게 여기지 아니하는 모양이라, 눈칫밥을 얻어먹으며 천대를 받고 지내되 그 큰집에를 가면 김부령이 항상 말 한마디라도 친절하게 하고 불쌍히 여기는 모양인즉 자연히 김부령에게 따르더라.

용필의 위인이 똑똑하고 문필이 유려하고 매사에 영리하여 시골 아이의 태도가 도무지 없는 고로 김부령이 매양 사랑하더니, 자기 아우 김참령이 강원도 의병 진멸 차로 대대장으로 출주하게 되니 그 아우 수하에 사람스러운 보좌원이 없음을 한탄하여 김용필이를 병장에 넣어서 김참령의 수하병이 되게 하여 함께 강원도로 출진할 새, 의병과 수삼 차 접전하여 김용필이가 접전할 때마다 비상한 대공을 이루니 이 일이 자연 연대장에게 입문되어, 연대장이 김용필의 공로를 대단히 가상히 여기어 서울로 보고하였더니 특별히 참위 벼슬에 임명하여 소대장이 되게 하매, 항상 김참령의 하관이 되어 병정 거느리기를 제

제창창하게 하고 의병 진정하기를 귀신같이 하여 명예가 더욱 나타나더라.

한 번은 의병 관련한 사람들이라고 잡아왔는데 그 중에 박 참봉이 있거늘 자세히 조사한즉, 당초에 유 승지와 박 참봉이 부자의 득명으로 의병에게 패하여 달아나는 서슬에 유 승지는 총을 맞아 죽고 박 참봉은 자기 집으로 돌아와 있더니, 동리 사람 중에 그 인색하고 더러움을 평생 미워하던 사람이 있어 김참령에게 말을 하여 잡혀 왔는지라.

김용필이가 대대장 앞에 가서,

(용) "여쭐 말씀이 있삽나이다. 저 의병 관련으로 잡혀 온 박 아무는 자세히 사실하온즉 의병에게 붙잡혀 다니기는 하였으나 실상 죄는 없사오니 무죄 방송함이 어떠하오리까."

(대) "그래도 의병에게 전재를 대어 주고 함께 따라다닌 놈을 백방(白放, 놓아 줌)할 수가 있나."

말을 하면서 용필에게 눈짓을 하여 잠깐 이리로 오라 하더니 사람 없는 조용한 곳으로 가서 입을 귀에

다 대고 수군수군 말을 한다.

(대) "내가 들으니 박가의 딸이 지금 열아홉 살인데 대단히 절묘한 미인이라네. 아직 시집도 아니 갔대여. 자네 알다시피 내가 아들이 없어서 첩을 하나 두려 하던 차인즉 박가를 살려 주고 그 대신에 내가 첩장가를 들겠네. 그리하여서 내가 일부러 병정을 보내어 탐문하여 가지고 잡아 온 것이니 내놓지 말게."

(용) "에 — 엣. 아이고, 가슴이야."

용필이가 대대장의 말을 듣고 깜짝 놀라 가슴이 꼭 막히고 목이 메어 말을 못하더니, 한참 만에 억지로 정신을 가다듬어 전후 일을 자초지종 모두 설파할 새, 자기 조부와 박 참봉의 부친 박 감역이 예혼을 언약한 일로 부터 7, 8세를 지내어 십여 세가 되도록 같이 자라나던 이야기와, 자기 조부 죽은 후에 집안이 결딴난 일과, 박 참봉이 예혼을 파약하려 하는 심술과 명희가 저를 생각하고 서로 아끼던 정의와, 한 번 담 너머로 넘겨다보고 이야기하려다가 박 참봉한테 들키던 일과, 유 승지와 박 참봉이 동모하여 저를 죽이려 하던 일과, 제가 부득이하여 서울로 올라간 일을 낱낱이 이야기하고 나중에 하는 말이,

"하관은 영감의 아들이나 진배없는 터인즉 하관과 이러한 관계있는 것을 아시면 그 아이는 영감의 며느리같이 생각하시옵소서."

김참령의 시커먼 얼굴이 무안을 보아 붉어지면 마치 아메리카 토인의 홍색 인종 같은지라, 검은 얼굴이 새카매지며 코를 실룩실룩하고 증을 내어 하는 말이,

"어린 연놈들이 상사라니, 으응."

그러한 후 2, 3일이 지난 후에 김용필이 거느린 소대 병정 하나가 촌에 나가서 술 먹고 행패한 일이 있었는데 다른 때 같으면 그 병정을 포살을 하든지 벌을 주든지 할 터이요, 또 김용필이가 그리하였더라도 이다음에는 그리하지 말라 하는 말 한마디 훈계로 용서할 터인데, 김용필이가 시킨 것이라고 억지로 죄목

을 잡아 이러한 사람은 부하에 둘 수 없다는 연유로 즉시 보고서를 써서 연대소로 보내어 김용필은 갈고 다른 소대장을 보내어 달라 하니, 연대장은 그 보고서를 들어 참위 김용필을 서울 본대로 상환시키고 다른 소대장을 파송한다.

하루는 김참령이 병정 수십 명을 거느리고 박 참봉의 집으로 가서 조사할 일이 있다 하고 집안 구석구석 가택수색을 할 새, 안방에서 박 참봉의 딸이 나오는 것을 본즉 참 일색이라. 김참령이 정신을 잃고 물끄러미 보고 섰다가 조사할 것을 다 마친 후에 박 참봉을 불러 앉히며 하는 말이,

(대) "박 참봉 죽고 사는 것은 오늘 내 손에 달렸지."

(박) "살려 주십시오."

(대) "내가 나이가 사십여 세 되도록 아들이 없어서 자손을 보기 위하여 다시 한 번 장가들려 하는데 마땅한 데가 없더니, 들은즉 박 참봉의 따님이 과년하고 또 유 승지 집과

혼인하려다가 지금은 못하게 되었다 하니 내 말을 들으면 박 참봉 목숨도 살고 우리 집과 척분을 맺어 좋을 일이 많을 터이니 어떠한가."

(박) "……."

(대) "내 말을 아니 들으면 지금 당장 포살이여. 자, 어서 좌우간 대답을 해."

박 참봉의 생각은 그렇게라도 해 주고 목숨이나 살아났으면 하고 허락을 하려 하나 딸의 마음을 짐작하는 고로 딸의 마음을 들어 보아야 하겠는지라. 그 연유로 말을 한즉 김참령은 제 욕심만 채워서 하는 말이,

(대) "물어볼 것 무엇 있나. 박 참봉의 허락이면 그만이지. 물어볼 터이면 이리로 나오래서 물어볼 일이지."

이때 박 참봉의 부인과 명희는 어찌 되는 일인고 염려하여 뒷문 밖에서 엿듣던 차라. 명희가 김참령이 자기 부친을 위협하는 거동을 보고 분함을 이기지 못하나 부친 목숨에 해가 될까 염려하여 온순한 언사로

문밖에서 하는 말이,

(명희) "아버님께 여쭈옵나이다. 대대장 영감께서 나라의 왕명을 몸 받아 지방 인민을 안돈시키려고 이 고을에 내려오사, 무죄한 사람은 죽이실 리 없고 유죄한 사람이라도 회개하면 용서하실 터인데 일개 소녀로 인연하여 그 말씀을 듣지 아니하면 무죄한 아버님의 목숨을 취하겠다 하시오나, 소녀는 이왕 정혼한 곳이 있어 말하자면 남편 있는 계집이오니 왕명을 몸 받아 오신 그 영감께서 이렇게 하시는 것은 국가의 불충이요, 소녀로 하여금 정절을 깨트리게 함이온즉 옳지 못한 일인가 생각하나이다. 그 말씀은 결단코 봉행할 수 없사오니 돌려 생각하십사 하고 말씀하시옵소서."

김참령이 처음에는 허락하는 말인가 하고 아리따운 목소리에 그 향기로운 살결이 자기 등어리에 대어 있는 듯하여 등이 간질간질 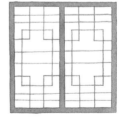 하더니, 나중에 결단코 봉행할 수 없다 하는 말에 화

증이 와락 나서 내친걸음이라 병정 불러 호령하되,

"이놈 내다 포살하여라."

하니 병정 십여 명이 우르르 들어와서 박 참봉을 끌어내어 살결박을 하는지라.

명희가 이 광경을 보고 정신이 산란하여 어찌할 줄 모르다가 방문을 펄쩍 열고 들어가서 김참령 앞에 두 손으로 땅을 짚고 머리를 푹 숙이고 하는 말이,

(명) "소녀가 지금 영감의 말씀을 듣자 하오면 두 번 시집가는 음녀가 될 것이요, 아니 듣자 하면 부친의 목숨을 구완치 못하는 불효가 될 터이오니, 효와 열을 쌍전할 수 없는 지경이오면 차라리 효도나 지킬 수밖에 없사오니 소녀의 부친을 살려 주시옵소서. 소녀가 영감의 말씀을 봉행하오리다."

(대) "아 —, 기특하다. 진작 그리할 일이지. 어라, 그만두어라. 박 참봉을 풀어놓아라."

병정이 박 참봉의 결박하였던 것을 풀어놓고 나간다. 명희가 일편단심을 내어 보일까 하다가 다시 돌쳐 생각하고 말을 온순하게 한다.

(명) "소녀가 허락하는 자리에 따로 또 청할 말씀이 있사오이다."

(대) "응, 무엇, 무엇이든지 소청은 다 들어주지. 채단(采緞, 혼인할 때 신랑 집에서 신부 집으로 미리 보내는 청색, 홍색 등의 치마저고리 감) 말인가?"

(명) "아니올시다. 그런 말씀이 아니오라 혼인은 인간대사요, 또 영감께서는 부인이 계신 터이니 소녀가 댁에 들어가면 이렇듯이 어엿하게 행세할 수 있겠삽나이까. 지금 여기서 병정들이라도 이러한 형편을 눈으로 보았은즉 서울 가서 소문새라도 흉하게 나오면 영감 전정에 관계가 적지 아니할 터이오니, 원주에 출주하여 계신 연대장 영감과 소녀의 부친과 영감이 한자리에 합석하여 앉으시고 정중하게 혼인을 정하는 것이 좋을 듯하오니, 그리하신 후에 연대장 영감을 증인으로 삼고 혼인하는 것이 옳을까 하나이다. 그렇지 아니하면 영감께서 위협으로 혼인하였다고 소문이 괴악하오리다."

(대) "아, 그것 참 명절한 말이로고. 연대장은 나와

대단히 친한 터이오. 또
이달 보름께는 이리로 오
실 터이니까 원주로 갈

것 없이 그때 연대장이 오거든 그렇게 하지, 며칠 안
되니까."

원주에 있는 연대장이 각 대대를 시찰할 차로 돌아
다니다가 철원읍에 이르니 김참령은 연대장 오기를
잔뜩 기다리던 터이라, 배반을 성설하여 간곡히 대접
한 후에 첩장가 드는 말을 한다.

(대) "하관이 간절히 청할 말씀이 있습니다."

(연) "응, 무슨 말이오."

(대) "다른 말씀이 아니라 하관이 지금까지 혈속이
없어 항상 걱정하던 터에 상당한 처녀가 있으면 치
첩을 하여 자손을 볼까 하였더니, 마침 이 고을에 사
는 박 참봉이라 하는 사람의 딸이 있는데 하관도 마
음이 간절하고 박 참봉도 허락이 된 터이오니 상관
께서 한 번 수고하시와 중매되시면 혼인이 영광스럽
겠사오이다."

(연) "그것이야 어려울 것 무엇 있나, 그리하지. 그러면 박 참봉을 지금 이리로 부르시오."

박 참봉의 집에서는 연대장이 철원 고을에 들어와서 대대장과 만나서 이야기한다는 말을 듣고 명희의 혼인 수작이 되려니 짐작하였으며, 명희도 역시 말은 아니 하나 속마음에 작정한 일이 있는 모양이라.

하루는 연대장과 대대장이 합석하여 앉고 박 참봉을 청좌한다는 말을 듣고 명희가 그 부친 박 참봉에게  말을 하여, 자기 집에서 주안을 차리고 연대장과 대대장을 오라 하여 혼사를 말하게 하였더라.

연대장과 대대장도 또한 좋은 일이라 하고 박 참봉 집으로 와서 술잔씩이나 먹은 후에 혼인 이야기가 시작되니, 사랑방 뒷문이 열리며 향내가 방 안에 가득하고 옹용한 태도로 윗방 자리에 나와 서 있는 사람은 명희라.

(명) "연대장 영감께 여쭈올 말씀이 있삽나이다. 소

녀는 일개 미혼 전 처녀로 감히 존전에 말씀하옵기 황송하오나, 소녀는 조부 생존 시부터 김 도사 손자 되는 지금 본대 소대장으로 있다가 서울로 갈려 간 김용필이와 혼인을 정하여 성례만 아니 하였다 뿐이지 성혼한 지 이미 오래오니 소녀는 남편 있는 계집이온즉 다시 다른 곳에 시집갈 수 없사온데, 대대장은 속에 짐승 같은 음흉한 마음을 품고 위협으로 소녀를 탈취하려 하여 부친을 의병에 관련 있다고 얽어 몰아 가두고, 김 참위가 소녀의 예혼한 남편인 줄 안 후에 김 참위를 무고하여 서울로 올리쫓고, 병정을 거느리고 소녀의 집에 와서 부친을 위협하고 소녀를 탈취하려 하옵기에 소녀가 부친의 생명을 염려하와 거짓 허락하고 연대장 영감의 중매를 청하온 것은 저 금수 같은 김참령의 행위를 연대장 영감께 말씀한 후 죽기로 자처함이오니 살피시기를 바라나이다."

고운 목소리는 녹음 중에서 나는 꾀꼬리 소리 같고 엄숙한 태도는 심산 중에 앉은 호랑이의 위엄 같도다.

김참령은 얼굴이 붉다 못하여 숯검정 같고 박 참봉
은 죽어 가는 사람같이 벌벌 떨고 있으며 연대장은
귀를 기울이고 자세히 듣는다. 연대장이 이 말을 듣
더니 김참령을 돌아보며 하는 말이,

"나라의 명을 받아 백성을 안돈
시키려 내려온 사람이 마음을
이렇게 음흉하게 먹고 행위를
이렇게 부정하게 하면 저 처
녀로 하여금 정절을 깨트리게 하는 동시에 영감은 나
라에 대하여 역적 됨을 면치 못하겠소."

경사로 이루려 하던 혼인 담판은 살풍경으로 깨어
져 김참령은 도망하여 서울로 가고 연대장은 원주로
돌아가 보고서를 써서 서울로 보고하니, 김참령은 파
면을 당하여 육군 법원에 갇히고 김용필은 대대장으
로 승차되어 철원에 출주하고, 세상이 평정한 후에
명희와 김용필은 성례하여 지금 화락한 가정을 이루
었는데 세상이 잠깐이라, 벌써 아들을 형제나 낳았
지……

"이리 오너라. 너 안악에 들어가서 영감 내외분더러 아기네를 데리고 이리 나오라 하여라."

하인이 안으로 들어가더니 조금 있다가 기우헌앙(器宇軒昻)한 장부 사나이가 요조숙녀 부인을 데리고 아들 형제를 앞세우고 나온다.

그 노인이 나더러 인사를 붙인다.

"자네 인사하게. 이 사람은 김용필인데 내 조카요, 저기 저는 내 조카며느리, 애명이 명희인데 박 참봉의 딸이요, 이 아이들은 그 아들들⋯⋯."

이야기하던 노인은 만초 선생인 줄을 그제야 깨달았도다.

차차(此次, 이 뒤를 이어서)에 탐정 순사(探偵巡査)라 명칭한 1편과 외국인의 화(話)라 칭한 1편이 유(有)하나 경무총장의 명령에 의하여 삭제하였사오며, 본 책자의 체재(体裁)가 완미(完美)치 못함은 독자 제군의 서량(恕諒, 사정을 살피어 용서)하심을 요함.

이 책을 본 사람에게 주는 글

예전 성인이 말씀하시되 사람은 일곱 가지 정이 있으니 희, 노, 애, 낙, 애, 오, 욕이라 하였도다. 기꺼워하며 노여워하며 슬퍼하며 즐거워하며 사랑하며 미워하며 욕심내는 것이라. 그러나 나는 여기 한 가지를 더하여 여덟 가지 정이라 하노니, 겁내는 것이 즉 이것이라. 사람이 반가운 일을 보면 기꺼워하고, 분한 일을 보면 노여워하고, 궂은일에 슬퍼하며, 좋은 일에 즐거워하며, 어여쁜 것을 사랑하고, 미운 것을 미워하고, 고운 것을 욕심내며, 두려운 것을 겁내는 것이 인정은 일반이라.

넓고 넓은 천지에서 우리가 한 세상 한 나라에 살며 전으로 몇 천 년, 후로 몇 만 년 오래고 오랜 세월 중에서 우리가 지금 한 세상 한 시대에 났으니 인연이 지중하도다. 그 사이에 무슨 슬퍼하며 노여워하며 미워하며 겁낼 까닭이 있으리오. 또 사람이 천하를 움직이는 영웅이요, 고금에 이름 있는 호걸이라도 넓고 넓은 천지간에 한낱 작은 인생이요, 사람이 백 년이나 천 년을 산다 하여도 오래고 오랜 세월 중에 꿈결같이 잠깐 있는 인생이라. 그동안에 무슨 기꺼워하며 즐거워하며 사랑하며 욕심낼 것이 있으리오.

그러나 사람은 국량이 좁고 지식이 적은 고로 하늘의 넓은 뜻을 몸 받지 못하고 세상의 요행을 깨닫지 못하여 희, 노, 애, 낙, 애, 오, 욕, 겁, 여덟 가지 정으로 꼼작거리는도다.

예전 성인이 희, 노, 애, 낙을 얼굴빛에 드러내지 아니한다 하였으나 이것은 생각건대 형용에 드러내지 아니할 뿐이요, 속마음에는 반드시 기꺼워하며 노여워하며 슬퍼하며 즐거워하는 정이 있음은 성인도 사람은 사람이라 능히 면치 못할지니, 공자님 같은 성인도 그 도가 행치 아니함을 한탄하여 슬퍼하였으

며, 소정묘를 미워하다가 국법으로 죽인 뒤에 이를 기꺼워하였으니 어느 사람이 이 정이 없는 자 어디 있는가.

볼지어다, 세상은 울고 웃는 사이에 지나가고, 사람은 옳으니 그르니 하는 동안에 늙지 아니하는가. 한편에는 눈 물을 뿌리고 대성통곡하는 사람이 있는 동시에 한편에는 즐거워서 웃고 지껄이는 사람이 있으며, 한때는 사랑하느니 귀여워하느니 하여 죽을지 살지 모르다가 별안간 미워하고 노여워하여 죽일 놈이니 살릴 놈이니 하는 사람도 있고, 한편에는 천둥 지진, 전쟁, 질병 등의 두렵고 무서운 일이 있어 사람마다 겁내건마는 그중에서도 일만 가지 욕심이 불 같아서 분주불가한 사람도 있지 아니한가.

그러한즉 사람은 기꺼움과 즐거움과 사랑과 욕심으로 인연하여 슬퍼하며 노여워하며 미워하며 겁내는 중간에서 꼼작거리는 동물이라. 그러한 고로 사회이면(社會裏面)에는 이상야릇한 별별 사정이 많이 생겨나는도다.

이 책을 기록한 이 사람도 국량이 넓지 못하고 지식이 많지 못하여 희, 노, 애, 낙, 애, 오, 욕, 겁의 여덟 가지 정을 가진 사람이라. 이 여덟 가지 정을 가진 사람의 눈으로 이 여덟 가지 정에서 꼼작거리는 세상 사람 사이에 생겨나는 모든 사정을 관찰하여 이 책 속에 기록하여 모든 사람으로 하여금 보게 한 것인즉, 이 책에 기록한 모든 사실은 기꺼워하며 노여워하며 슬퍼하며 즐거워하며 사랑하며 미워하며 욕심하며 겁냄으로 생겨 일어난 사정이라.

그러나 마음의 옳고 그름으로 인연하여 나중 결과가 다르니 마음을 옳게 먹은 사람은 슬프고 겁나는 중에 있을지라도 나중에는 즐겁고 기꺼운 결과를 보고, 마음을 옳지 않게 가진 사람은 그 마음을 고치지 아니하면 항상 슬프고 겁나는 걱정 근심 중에서 몸을 마치는지라. 이 책 읽은 여러 군자는 책 속에 기록한 여러 가지 사정을 가지고 각기 자기의 마음을 비추어 볼지어다.

안국선 (安國善 1878~1926)

안국선의 호는 천강이며, 1878년 경기도 안성에서 태어났다.

1895년 관비 유학생으로 일본에 건너가 게이오기주쿠 대학을 거쳐 도쿄 전문학교(東京專門學校)에서 정치학을 공부하고 1899년에 귀국했다. 귀국 후 역모 사건에 연루되어 진도로 유배되었다. 그는 1907년 3월 유배에서 풀려난 뒤 돈명의숙(敦明義塾) 등에서 학생들을 가르쳤으며, 대한협회 등 사회단체의 일원으로서 애국 계몽운동에 적극 참여하였다.

그의 문필 활동은 주로 1907년에서 1908년 사이에 이루어진다. 그는 교단에서 정치·경제를 가르치면서 교재로 사용하기 위해 〈외교통의〉, 〈정치원론〉, 〈연설법방〉을 썼다. 또 〈야뢰〉, 〈대한협회보〉, 〈기호흥학회원보〉 등에 시사적인 논설을 발표하기도 하였다. 이 시기에 발표한 신소설이 바로 《금수회의록》이다. 《금수회의록》은 동물을 내세워 당시 현실을 비판하고 국권 수호와 자주 의식을 고취함으로써, 치안이 방해된다는 이유로 우리나라 최초의 판매 금지 소설이 되었다.

안국선은 1911년 경상북도 청도 군수로 임명되어 1913년까지 재직하고, 서울로 올라와 대동전문학교에서 강의했으며, 1915년 단편 소설집 《공진회》를 펴낸다. 이 소설집에는 〈기생〉, 〈인력거꾼〉, 〈시골 노인 이야기〉와 같은 세 편의 단편 소설이 실려 있다. 안국선은 낙향 후에 금광과 미두 사업에 실패하고 1926년 지병으로 죽는다.